LES OPINIONS

DE

M. JÉRÔME COIGNARD

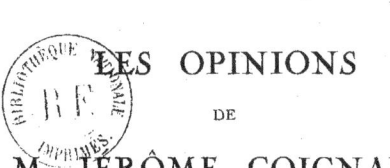

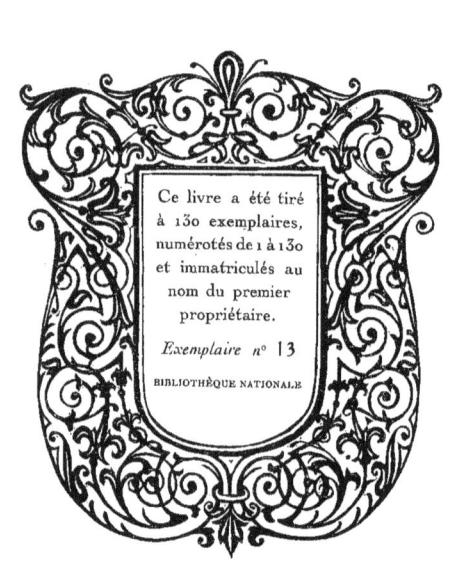

LES OPINIONS

DE

M. JÉRÔME
COIGNARD

Recueillies par Jacques TOURNEBROCHE

et publiées

PAR

ANATOLE FRANCE

PARIS
1914

L'ABBÉ

JÉRÔME COIGNARD

L'ABBÉ JÉRÔME COIGNARD

A Octave Mirbeau

E n'ai pas besoin de retracer ici la vie de
M. l'abbé Jérôme Coignard, professeur d'éloquence au collège de Beauvais, bibliothécaire de
M. de Séez, *Sagiensis episcopi bibliothecarius
solertissimus*, comme le porte son épitaphe, plus
tard secrétaire au charnier Saint-Innocent, puis
enfin conservateur de cette Astaracienne, la reine
des bibliothèques, dont la perte est à jamais
déplorable. Il périt assassiné, sur la route de Lyon, par un juif
cabbaliste du nom de Mosaïde (*Judæa manu nefandissima*), laissant
plusieurs ouvrages interrompus et le souvenir de beaux entretiens
familiers. Toutes les circonstances de son existence et de sa fin

tragique ont été rapportées par son disciple, Jacques Ménétrier, surnommé *Tournebroche* parce qu'il était le fils d'un rôtisseur de la rue Saint-Jacques. Ce Tournebroche professait pour celui qu'il avait l'habitude de nommer son bon maître une admiration vive et tendre. « C'est, disait-il, le plus gentil esprit qui ait jamais fleuri sur la terre. » Il rédigea avec modestie et fidélité les mémoires de M. l'abbé Coignard, qui revit dans cet ouvrage comme Socrate dans les *Mémorables* de Xénophon.

Attentif, exact et bienveillant, il fit un portrait plein de vie et tout empreint d'une amoureuse fidélité. C'est un ouvrage qui fait songer à ces portraits d'Erasme, peints par Holbein, qu'on voit au Louvre, au musée de Bâle et à Hampton-Court, et dont on ne se lasse point de goûter la finesse. Bref, il nous laissa un chef-d'œuvre.

On sera surpris, sans doute, qu'il n'ait pas pris soin de le faire imprimer. Pourtant il pouvait l'éditer lui-même, étant devenu libraire, rue Saint-Jacques, à l'*Image Sainte-Catherine*, où il succéda à M. Blaizot. Peut-être, vivant dans les livres, craignit-il d'ajouter seulement quelques feuillets à cet amas horrible de papier noirci qui moisit obscurément chez les bouquinistes. Nous partageons ses dégoûts en passant sur les quais devant la boîte à deux sous où le soleil et la pluie dévorent lentement des pages écrites pour l'immortalité. Comme ces têtes de mort assez touchantes, que Bossuet envoyait à l'abbé de la Trappe pour le divertissement d'un solitaire, ce sont là des sujets de réflexions propres à faire concevoir à un homme de lettres la vanité d'écrire. J'ose dire que, pour ma part, entre le Pont-Royal et le Pont-Neuf, j'ai éprouvé cette vanité tout entière. Je serais tenté de croire que l'élève de M. l'abbé Coignard ne fit point imprimer son ouvrage parce que, formé par un si bon maître, il jugeait sainement de la gloire littéraire, et l'estimait à sa valeur, c'est-à-dire autant comme rien. Il la savait incertaine, capricieuse, sujette à toutes les vicissitudes et dépendant de circonstances en elles-mêmes petites et misérables. Voyant ses contemporains ignorants, injurieux et médiocres, il n'y trouvait point de raison d'espérer que leur postérité devînt tout à coup savante, équitable et sûre. Il augurait seulement que l'avenir, étranger à nos querelles, nous accorderait son indifférence à défaut de justice. Nous sommes presque assurés que, grands et petits, elle nous réunira dans l'oubli et répandra sur nous tous l'égalité paisible du silence. Mais, si cette espérance nous trompait par grand hasard, si la race future gardait quelque mémoire de notre nom ou de nos écrits, nous pouvons prévoir qu'elle ne goûterait notre pensée que par ce travail ingénieux de faux sens et de contresens qui seul perpétue les ouvrages du génie à travers les âges. La longue durée des chefs-d'œuvre est assurée au prix d'aventures intellectuelles tout à fait pitoyables, dans lesquelles le coq-à-l'âne des cuistres prête la main aux calembours ingénus des âmes artistes. Je ne crains pas de dire qu'à l'heure qu'il est nous n'entendons pas un seul vers de l'*Iliade* ou de la *Divine Comédie* dans le sens qui y était attaché primitivement. Vivre c'est se transformer, et la vie posthume de nos pensées écrites n'est pas affranchie de cette loi : elles ne continueront d'exister qu'à la condition de devenir de plus en plus différentes de ce qu'elles étaient en, sortant de notre âme. Ce qu'on admirera de nous dans l'avenir nous deviendra tout à fait étranger.

Il est probable que Jacques Tournebroche, dont on connaît la simplicité, ne se posait pas toutes ces questions au sujet du petit livre sorti de sa main. Ce serait lui faire injure que de penser qu'il avait de lui-même une opinion exagérée.

Je crois le connaître. J'ai médité son livre. Tout ce qu'il dit et tout ce qu'il tait trahit l'exquise modestie de son âme. Si pourtant il n'était pas sans savoir qu'il avait du talent, il savait aussi que c'est ce qui se pardonne le moins. On passe aisément aux gens en vue la bassesse de l'âme et la perfidie du cœur. On souffre volontiers qu'ils soient lâches ou méchants, et leur fortune même ne leur fait pas trop d'envieux si l'on voit qu'elle est imméritée.

Les médiocres sont tout de suite soulevés et portés par les médiocrités environnantes qui s'honorent en eux. La gloire d'un homme ordinaire n'offense personne. Elle est plutôt une secrète flatterie au vulgaire. Mais il y a dans le talent une insolence qui s'expie par les haines sourdes et les calomnies profondes. Si Jacques Tournebroche renonça sciemment au pénible honneur d'irriter par un éloquent écrit la foule des sots et des méchants, on ne peut qu'admirer son bon sens et le tenir pour le digne élève d'un maître qui connaissait les hommes. Quoi qu'il en soit, le manuscrit de Jacques Tournebroche, resté inédit, fut perdu pendant plus d'un siècle. J'ai eu l'extraordinaire bonheur de le retrouver chez un brocanteur du boulevard Montparnasse qui étale derrière les carreaux salis de son échoppe des croix du Lis, des médailles de Sainte-Hélène et des décorations de Juillet, sans se douter qu'il donne ainsi aux générations une mélancolique leçon d'apaisement. Ce manuscrit a été publié par mes soins en 1893, sous ce titre : *la Rôtisserie de la Reine Pédauque* (1 vol. in-18 jésus). J'y renvoie le lecteur, qui y trouvera plus de nouveautés qu'on n'en cherche d'ordinaire dans un vieux livre. Mais ce n'est pas de cet ouvrage qu'il s'agit ici.

Jacques Tournebroche ne se contenta pas de faire connaître les actions et les maximes de son maître dans un récit suivi. Il prit soin encore de recueillir plusieurs discours et entretiens de M. l'abbé Coignard qui n'avaient point trouvé place dans les mémoires (c'est le vrai nom qu'il convient de donner à *la Rôtisserie de la Reine Pédauque*), et il en forma un petit cahier qui m'est tombé entre les mains avec ses autres papiers.

C'est ce cahier que je fais imprimer aujourd'hui sous ce titre : *les Opinions de M. Jérôme Coignard*. Le bon et gracieux accueil fait par le public au précédent ouvrage de Jacques Tournebroche m'encourage à donner tout de suite ces dialogues dans lesquels l'ancien bibliothécaire de M. de Séez se retrouve avec son indulgente sagesse et cette sorte de scepticisme généreux où tendent ses considérations sur l'homme, si mêlées de mépris et de bienveillance. Je ne saurais prendre la responsabilité des idées exprimées par ce philosophe sur divers sujets de politique et de morale. Mes devoirs d'éditeur m'engagent seulement à présenter la pensée de mon auteur sous le jour le plus favorable. Sa libre intelligence foulait aux pieds les croyances vulgaires et ne se rangeait point sans examen à la commune opinion, hors en ce qui touche la foi catholique, dans laquelle il fut inébranlable. Pour tout le reste, il ne craignait point de tenir tête à son siècle. Or, cela seul le rend digne d'estime. Nous devons de la reconnaissance aux esprits qui ont combattu les préjugés. Mais il est plus aisé de les louer que de les imiter. Les préjugés se défont et se reforment sans cesse, avec l'éternelle mobilité des nuées. Il est dans leur nature d'être augustes avant de paraître odieux, et les hommes sont rares qui n'ont point la superstition de leur temps et qui regardent en face ce que le vulgaire n'ose voir. M. l'abbé Coignard fut un homme libre dans une condition humble, et c'est assez, je crois, pour qu'on le mette bien au-dessus d'un Bossuet, et de tous ces grands personnages qui brillent à leur rang dans la pompe traditionnelle des coutumes et des croyances.

Mais s'il faut estimer que M. l'abbé Coignard vécut libre, affranchi des communes erreurs et que les spectres de nos passions et de nos craintes n'eurent point d'empire sur lui, on doit reconnaître encore que cet esprit excellent eut des vues originales sur la nature et sur la société, et que, pour étonner et ravir les hommes par une vaste et belle construction mentale, il lui manqua seulement l'adresse ou la volonté de jeter à profusion les sophismes comme un ciment dans l'intervalle des vérités. C'est de cette manière seulement qu'on édifie les grands systèmes de philosophie qui ne tiennent que par le mortier de la sophistique. L'esprit de système lui fit défaut, ou (si l'on veut) l'art des ordonnances symétriques. Sans quoi il paraîtrait ce qu'il était en effet, c'est-à-dire le plus sage des moralistes, une sorte de mélange merveilleux d'Epicure et de saint François d'Assise.

Ce sont là, à mon sens, les deux meilleurs amis que l'humanité souffrante ait encore rencontrés dans sa marche désorientée. Epicure affranchit les âmes des vaines terreurs et les instruisit à proportionner l'idée de bonheur à leur misérable nature et à leurs faibles forces. Le bon saint François, plus tendre et plus sensuel, les conduisit à la félicité par le rêve intérieur, et voulut qu'à son exemple les âmes se répandissent en joie dans les abîmes d'une solitude enchantée. Ils furent bons tous deux, l'un de détruire les illusions décevantes, l'autre de créer les illusions dont on ne s'éveille pas.

Mais il ne faut rien exagérer. M. l'abbé Coignard n'égala certes ni par l'action, ni même par la pensée le plus audacieux des sages et le plus ardent des saints. Les vérités qu'il découvrait, il ne savait pas s'y jeter comme dans un gouffre. Il garda en ses explorations les plus hardies l'attitude d'un homme paisible. Il ne s'exceptait pas assez du mépris universel que lui inspiraient les hommes. Il lui manqua cette illusion précieuse qui soutenait Bacon et Descartes, de croire en eux-mêmes après n'avoir cru en personne. Il douta de la vérité qu'il portait en lui, et il répandit sans solennité les trésors de son intelligence. Cette confiance lui fit défaut, commune pourtant à tous les faiseurs de pensées, de se tenir soi-même pour supérieur aux plus grands génies. C'est une faute qui ne se pardonne pas, car la gloire ne se donne qu'à ceux qui la sollicitent. Chez M. l'abbé Coignard, c'était de plus une faiblesse et une inconséquence. Puisqu'il poussait à ses dernières limites l'audace philosophique, il n'eût pas dû se faire scrupule de se proclamer le premier des hommes. Mais son cœur restait simple et son âme candide, et cette insuffisance d'un esprit qui ne sut pas se tendre au-dessus de l'univers lui fit un tort irréparable. Dirai-je pourtant que je l'aime mieux ainsi?

Je ne crains pas d'affirmer que, philosophe et chrétien, M. l'abbé Coignard unit dans un mélange incomparable l'épicurisme qui nous garde de la douleur et la simplicité sainte qui nous mène à la joie.

Il est remarquable que non seulement il accepta l'idée de Dieu telle qu'elle lui était fournie par la foi catholique, mais encore qu'il tenta de la soutenir sur des arguments d'ordre rationnel. Il n'imita jamais cette habileté pratique des déistes de profession qui font à leur usage un Dieu moral, philanthrope et pudique, avec lequel ils goûtent la satisfaction d'une parfaite entente. Les rapports étroits qu'ils établissent avec lui donnent à leurs écrits beaucoup d'autorité et à leur personne une grande considération dans le public. Et ce Dieu gouvernemental, modéré, grave, exempt de tout fanatisme et qui a du monde, les recommande dans les assemblées, dans les salons et dans les académies. M. l'abbé Coignard ne se représentait point un Eternel si profitable. Mais, considérant qu'il est impossible de concevoir l'univers autrement que sous les catégories de l'intelligence et qu'il faut tenir le cosmos pour intelligible, même en vue d'en démontrer l'absurdité, il en rapportait la cause à une intelligence qu'il nommait Dieu, laissant à ce terme son vague infini, et s'en rapportant pour le surplus à la théologie qui, comme on sait, traite avec une minutieuse exactitude de l'inconnaissable.

Cette réserve, qui marque les limites de son intelligence, fut heureuse si, comme je crois, elle lui ôta la tentation de mordre à quelque appétissant système de philosophie et le garda de donner du museau dans une de ces souricières où les esprits affranchis ont hâte de se faire prendre. A l'aise dans la grande et vieille ratière, il trouva plus d'une issue pour découvrir le monde et observer la nature. Je ne partage pas ses croyances religieuses et j'estime qu'elles le décevaient, comme elles ont déçu, pour leur bonheur ou leur malheur, tant de siècles d'hommes. Mais il semble que les vieilles erreurs soient moins fâcheuses que les nouvelles, et que, puisque nous devons nous tromper, le meilleur est de s'en tenir aux illusions émoussées.

Il est certain du moins que M. l'abbé Coignard, en admettant les principes chrétiens et catholiques, ne s'interdit pas d'en tirer des conclusions très originales. Sur les racines de l'orthodoxie, son âme luxuriante fleurit singulièrement en épicurisme et en humilité. Je l'ai déjà dit : il s'efforça toujours de chasser ces fantômes de la nuit, ces vaines terreurs, ou, comme il les appelait, ces diableries gothiques, qui font de la vie pieuse d'un simple bourgeois une espèce de sabbat mesquin et journalier. Des théologiens l'ont, de nos jours, accusé de porter l'espérance à l'excès, et jusqu'au dérèglement. Je retrouve ce reproche sous la plume d'un éminent philosophe (1). Je ne sais si

1. M. Jean Lacoste a écrit dans la *Gazette de France* du 20 mai 1893 :
« M. l'abbé Jérôme Coignard est un prêtre plein de science, d'humilité et de foi. Je ne dis pas que sa conduite ait toujours honoré son petit collet et que sa robe n'ait pas reçu maint accroc... Mais s'il succombe à la tentation, si le diable a en lui une proie facile, jamais il ne perd confiance, il espère par la grâce de Dieu ne plus rechuter et arriver aux gloires du Paradis. Et de fait il nous donne le spectacle d'une mort édifiante. Donc un grain de foi embellit la vie et l'humilité chrétienne sied aux faiblesses de l'humanité.
» M. l'abbé Coignard, s'il n'est pas un saint, mérite peut-être le purgatoire. Mais il le mérite fort long et il a risqué l'enfer. Car à ses actes d'humilité sincère ne se mêlait presque pas de repentir. Il comptait trop sur la grâce de Dieu et ne faisait nul effort pour favoriser l'action de la grâce. C'est pourquoi il retombait dans son péché. La foi ainsi lui servait de peu et il était presque hérétique, car le saint concile de Trente, dans les canons VI et IX de sa sixième session, a déclaré l'anathème à tous ceux qui prétendent « qu'il n'est pas au pouvoir de l'homme de rendre « ses voies mauvaises » et qui ont une telle confiance en la foi qu'ils s'imaginent qu'elle seule peut sauver « sans aucun mouvement de la volonté ». C'est pourquoi la miséricorde divine s'étendant sur l'abbé Coignard est vraiment miraculeuse et en dehors des voies ordinaires. »

vraiment M. Coignard se reposait avec une confiance exagérée sur la bonté divine. Mais il est certain qu'il concevait la grâce dans un sens large et naturel, et que le monde, à ses yeux, ressemblait moins aux déserts de la Thébaïde qu'aux jardins d'Epicure. Il s'y promenait avec cette audacieuse ingénuité qui est le trait essentiel de son caractère et le principe de sa doctrine.

Jamais esprit ne se montra tout ensemble si hardi et si pacifique et ne trempa ses dédains de plus de douceur. Sa morale unit la liberté des philosophes cyniques à la candeur des premiers moines de la sainte Portioncule. Il méprisa les hommes avec tendresse. Il tenta de leur enseigner que, n'ayant d'un peu grand que leur capacité pour la douleur, ils ne peuvent rien mettre en eux d'utile ni de beau que la pitié; qu'habiles seulement à désirer et à souffrir, ils doivent se faire des vertus indulgentes et voluptueuses. Il en vint à considérer l'orgueil comme la source des plus grands maux et comme le seul vice contre nature.

Il semble bien, en effet, que les hommes se rendent malheureux par le sentiment exagéré qu'ils ont d'eux et de leurs semblables, et que, s'ils se faisaient une idée plus humble et plus vraie de la nature humaine, ils seraient plus doux à autrui et plus doux à eux-mêmes. C'est donc sa bienveillance qui le poussait à humilier ses semblables dans leurs sentiments, leur savoir, leur philosophie et leurs institutions. Il avait à cœur de leur montrer que leur imbécile nature n'a rien imaginé ni construit qui vaille la peine d'être attaqué ni défendu bien vivement, et que, s'ils connaissaient la rudesse fragile de leurs plus grands ouvrages, tels que les lois et les empires, ils s'y battraient seulement en jouant, et pour le plaisir, comme les enfants qui élèvent des châteaux de sable au bord de la mer.

Aussi ne faut-il ni s'étonner ni se scandaliser de ce qu'il abaissât toutes ces idées par lesquelles l'homme érige sa gloire et ses honneurs aux dépens de son repos. La majesté des lois n'imposait pas à son âme clairvoyante et il déplorait que des malheureux fussent soumis à tant d'obligations dont on ne peut, le plus souvent, découvrir l'origine et le sens. Tous les principes lui semblaient également contestables. Il en était venu à croire que les citoyens ne condamnent un si grand nombre de leurs semblables à l'infamie que pour goûter par contraste les joies de la considération. Cette vue lui faisait préférer la mauvaise compagnie à la bonne, sur l'exemple de Celui qui vécut parmi les publicains et les prostituées. Il y garda la pureté du cœur, le don de la sympathie et les trésors de la miséricorde. Je ne parlerai pas ici de ses actions qui sont contées dans *la Rôtisserie de la Reine Pédauque*. Je n'ai pas à savoir si, comme on l'a dit de Mme de Mouchy, il valait mieux que sa vie. Nos actions ne sont pas tout à fait nôtres, elles dépendent moins de nous que de la fortune. Elles nous sont données de toutes mains. Nous ne les méritons pas toujours. Notre insaisissable pensée est tout ce que nous possédons en propre. De là cette vanité des jugements du monde. Toutefois, je constate avec plaisir que tous les gens d'esprit, sans exception, ont trouvé M. l'abbé Coignard aimable et plaisant. Aussi faudrait-il être un pharisien pour ne pas voir en lui une belle créature de Dieu. Cela dit, j'ai hâte d'en revenir à ses doctrines qui, seules, importent ici.

Ce qu'il avait le moins, c'était le sens de la vénération. La nature le lui avait refusé, et il ne fit rien pour l'acquérir. Il eût craint, en exaltant les uns, d'abaisser les autres, et sa charité universelle s'étendait également sur les humbles et sur les superbes. Elle se portait vers les victimes avec plus de sollicitude, mais les bourreaux eux-mêmes lui semblaient trop misérables pour valoir quelque haine. Il ne leur souhaitait pas de mal, et les plaignait seulement d'être méchants.

Il ne croyait pas que les représailles, ou légales ou spontanées, fissent autre chose qu'ajouter le mal au mal. Il ne se complaisait ni dans l'à-propos piquant des vengeances privées ni dans la majestueuse cruauté des lois, et, s'il lui arrivait de sourire quand on rossait les sergents, c'était l'effet d'un pur mouvement de la chair et du sang, et par naturelle bonhomie.

C'est qu'il s'était formé du mal une idée simple et sensible. Il la rapportait uniquement aux organes de l'homme et à ses sentiments naturels, sans la compliquer de tous les préjugés qui prennent dans les codes une consistance artificielle. J'ai dit qu'il n'avait pas formé de système, étant peu enclin à résoudre les difficultés par les sophismes. Il est visible qu'une première difficulté l'arrêta net dans ses méditations sur les moyens d'établir le bonheur ou seulement la paix sur la terre. Il était persuadé que l'homme est naturellement un très méchant animal, et que les sociétés ne sont abominables que parce qu'il met son génie à les former. Il n'attendait par conséquent aucun bien d'un retour à la nature. Je doute qu'il eût changé de sentiment s'il avait assez vécu pour lire l'*Emile*. Quand il mourut, Jean-Jacques n'avait pas encore remué le monde par l'éloquence de la sensibilité la plus vraie unie à la logique la plus fausse. Ce n'était alors qu'un petit vagabond, qui, malheureusement pour lui, trouvait d'autres abbés que M. Jérôme Coignard, sur les bancs des promenades désertes de Lyon. On peut regretter que M. Coignard, qui connut toute espèce de personnes, n'ait pas rencontré d'aventure le jeune ami de Mme de Warens. Mais cela n'eût fait qu'une scène amusante, un tableau romantique. Jean-Jacques aurait peu goûté la sagesse désabusée de notre philosophe. Rien ne ressemble moins à la philosophie de Rousseau que celle de M. l'abbé Coignard. Cette dernière est empreinte d'une bienveillante ironie. Elle est indulgente et facile. Fondée sur l'infirmité humaine, elle est solide par la base. A l'autre, manque le doute heureux et le sourire léger. Comme elle s'assied sur le fondement imaginaire de la bonté originelle de nos semblables, elle se trouve dans une posture gênante, dont elle ne sent pas elle-même tout le comique. C'est la doctrine des hommes qui n'ont jamais ri. Son embarras se trahit par de la mauvaise humeur. Elle est mal gracieuse. Ce ne serait rien encore; mais elle ramène l'homme au singe et se fâche hors de propos quand elle voit que le singe n'est pas vertueux. En quoi elle est absurde et cruelle. On le vit bien quand les hommes d'Etat voulurent appliquer le *Contrat social* à la meilleure des républiques.

Robespierre vénérait la mémoire de Rousseau. Il eût tenu M. l'abbé Coignard pour un méchant homme. Je n'en ferais pas la remarque, si Robespierre était un monstre. Mais, pour le savant, il n'y a pas véritablement de monstres. Robespierre était un optimiste qui croyait à la vertu. Les hommes d'Etat de ce tempérament font tout le mal possible. Si l'on se mêle de conduire les hommes, il ne faut pas perdre de vue qu'ils sont de mauvais singes. A cette condition seulement on est un politique humain et bienveillant. La folie de la Révolution fut de vouloir instituer la vertu sur la terre. Quand on veut rendre les hommes bons et sages, libres, modérés, généreux, on est amené fatalement à vouloir les tuer tous. Robespierre croyait à la vertu : il fit la Terreur. Marat croyait à la justice : il demandait deux cent mille têtes. M. l'abbé Coignard est peut-être, de tous les esprits du XVIIIe siècle, celui dont les principes sont le plus opposés aux principes de la Révolution. Il n'aurait pas signé une ligne de la Déclaration des droits de l'homme, à cause de l'excessive et inique séparation qui y est établie entre l'homme et le gorille.

J'ai reçu la semaine dernière la visite d'un compagnon anarchiste qui m'honore de son amitié et que j'aime parce que, n'ayant pas encore eu de part au gouvernement de son pays, il a gardé beaucoup d'innocence. Il ne veut tout faire sauter que parce qu'il croit les hommes naturellement bons et vertueux. Il pense que, délivrés de leurs biens, affranchis des lois, ils dépouilleront leur égoïsme et leur méchanceté. Il a été conduit à la férocité la plus sauvage par l'optimisme le plus tendre. Tout son malheur et tout son crime est d'avoir porté dans l'état de cuisinier où il fut condamné une âme élyséenne, faite pour l'âge d'or. C'est un Jean-Jacques très simple et très honnête qui ne s'est point laissé troubler par la vue d'une Mme d'Houdetot, ni adoucir par la générosité polie d'un maréchal de Luxembourg. Sa pureté le laisse à sa logique et le rend terrible. Il raisonne mieux qu'un ministre, mais il part d'un principe absurde. Il ne croit pas au péché originel, et pourtant c'est là un dogme d'une vérité si solide et stable qu'on a pu bâtir dessus tout ce qu'on a voulu.

Que n'étiez-vous avec lui dans mon cabinet, monsieur l'abbé Coignard, pour lui faire sentir la fausseté de sa doctrine? Vous n'eussiez pas parlé à ce généreux utopiste des bienfaits de la civilisation et des intérêts de l'État. Vous saviez que ce sont là des plaisanteries qu'il est indécent de faire aux malheureux. Vous saviez que l'ordre public n'est que la violence organisée et que chacun est juge de l'intérêt qu'il y doit porter. Mais vous lui eussiez fait un tableau véritable et terrible de cet ordre de nature qu'il veut rétablir; vous lui eussiez montré dans l'idylle qu'il rêve une infinité de tragédies domestiques et sanglantes et, dans sa bienheureuse anarchie, le commencement d'une tyrannie épouvantable.

Cela m'amène à préciser l'attitude que M. l'abbé Coignard prenait au *Petit-Bacchus* en face des gouvernements et des peuples. Il ne respectait ni les assises de la société ni l'arche de l'empire. Il tenait pour sujette au doute et objet de disputes la vertu de la sainte Ampoule, qui était, de son temps, le principe de l'État, comme aujourd'hui le suffrage universel. Cette liberté, qui eût alors scandalisé tous les Français, ne nous choque plus. Mais ce serait mal comprendre notre philosophe que d'excuser la vivacité de ses critiques sur les abus de l'ancien régime. M. l'abbé Coignard ne faisait pas grande différence des gouvernements qu'on nomme absolus à ceux qu'on nomme gouvernements libres, et nous pouvons supposer que, s'il avait vécu de nos jours, il aurait gardé une forte dose de ce généreux mécontentement dont son cœur était plein.

Comme il remontait aux principes, il eût découvert sans doute la vanité des nôtres. J'en juge par un de ses propos qui nous a été conservé. « Dans une démocratie, disait M. l'abbé Coignard, le peuple est soumis à sa volonté, ce qui est un dur esclavage. En fait, il est aussi étranger et contraire à sa propre volonté qu'il pouvait l'être à celle du prince. Car la volonté commune ne se retrouve que peu ou point dans chaque personne, qui pourtant en subit la contrainte tout entière. Et l'universel suffrage n'est qu'un attrape-nigaud, comme la colombe qui apporta le Saint Chrême dans son bec. Le gouvernement populaire, ainsi que le monarchique, repose sur des fictions et vit d'expédients. Il importe seulement que les fictions soient acceptées et les expédients heureux. »

Cette maxime suffit à nous faire croire qu'il eût gardé de nos jours cette riante et fière liberté dont il embellit son âme au temps des rois. Pourtant il n'eût jamais été révolutionnaire. Il avait trop peu d'illusions pour cela, et il ne pensait pas que les gouvernements dussent être détruits autrement que par ces forces aveugles et sourdes, lentes et irrésistibles, qui emportent tout.

Il croyait qu'un même peuple ne peut être gouverné que d'une seule façon dans le même temps pour cette raison que, les nations étant des corps, leurs fonctions dépendent de la structure des membres, et de l'état des organes, c'est-à-dire de la terre et du peuple et non des gouvernements qui sont ajustés à la nation comme des habits au corps d'un homme.

« Le malheur, ajoutait-il, est qu'il en va des peuples comme d'Arlequin et de Gilles à la foire. Leur habit est d'ordinaire ou trop lâche ou trop serré, incommode, ridicule, miteux, couvert de taches, et tout grouillant de vermine. On y peut remédier en le secouant avec prudence, et en portant çà et là l'aiguille et au besoin les ciseaux très délicatement, pour n'avoir pas à faire les frais d'un autre aussi mauvais, mais sans s'obstiner non plus à garder l'ancien après que le corps a changé de forme avec l'âge. »

On voit par là que M. l'abbé Coignard conciliait l'ordre et le progrès et qu'il n'était pas, en somme, un mauvais citoyen. Il n'excitait personne à la révolte et souhaitait que les institutions fussent usées et limées par un frottement continu plutôt que renversées et brisées à grands coups. Il faisait observer sans cesse à ses disciples que les plus âpres lois se polissaient merveilleusement par l'usage, et que la clémence du temps est plus sûre que celle des hommes. Quant à voir refaire d'une fois le corps informe des lois, il ne l'espérait ni ne le souhaitait, comptant peu sur les bienfaits d'une législation soudaine. Parfois Jacques Tournebroche lui demandait s'il ne craignait pas que sa philosophie critique, s'exerçant sur des institutions nécessaires, et que lui-même estimait telles, n'eût pour effet inopportun d'ébranler ce qu'il faut conserver.

— Pourquoi, lui disait son disciple fidèle, pourquoi donc, ô le meilleur des maîtres, réduire en poussière les fondements du droit, de la justice, des lois, et généralement de toutes les magistratures civiles et militaires, puisque vous reconnaissez qu'il faut un droit, une justice, une armée, des magistrats et des sergents ?

— Mon fils, répondait M. l'abbé Coignard, j'ai toujours observé que les maux des hommes leur viennent de leurs préjugés, comme les araignées et les scorpions sortent de l'ombre des caveaux et de l'humidité des courtils. Il est bon de promener la tête-de-loup et le balai un peu à l'aveuglette dans tous ces coins obscurs. Il est bon même de donner çà et là quelque petit coup de pioche dans les murs de la cave et du jardin. Cela fait peur à la vermine et prépare les ruines nécessaires.

— J'y consens volontiers, répondait le doux Tournebroche, mais quand vous aurez détruit tous les principes, ô mon maître, que subsistera-t-il ?

— A quoi le maître répondait :

— Après la destruction de tous les faux principes, la société subsistera, parce qu'elle est fondée sur la nécessité, dont les lois, plus vieilles que Saturne, régneront encore quand Prométhée aura détrôné Jupiter.

Depuis le temps où l'abbé Coignard parlait ainsi, Prométhée a plusieurs fois détrôné Jupiter, et les prophéties du sage se sont vérifiées si littéralement qu'on doute aujourd'hui, tant le nouvel ordre ressemble à l'ancien, si l'empire n'est point resté à l'antique Jupiter. Plusieurs même nient l'avènement du Titan. On ne voit plus, disent-ils, sur sa poitrine la blessure par où l'aigle de l'injustice lui arrachait le cœur et qui devait saigner éternellement. Il ne sait rien des douleurs et des révoltes de l'exil. Ce n'est pas le dieu ouvrier qui nous était promis et que nous attendions. C'est le gras Jupiter de l'ancien et risible Olympe. Quand donc paraîtra-t-il, le robuste ami des hommes, l'allumeur du feu, le Titan encore cloué sur son rocher ? Un bruit effrayant venu de la montagne annonce qu'il soulève de dessus le roc inique ses épaules déchirées et nous sentons sur nous les flammes de son souffle lointain.

Etranger aux affaires, M. Coignard inclinait aux spéculations pures et se répandait volontiers en idées générales. Cette disposition de son esprit, qui pouvait lui nuire auprès de ses contemporains, donne à ses réflexions, après un siècle et demi, quelque prix et une certaine utilité. Nous y pouvons apprendre à mieux connaître nos propres mœurs et à démêler le mal qui s'y trouve.

Les injustices, les sottises et les cruautés ne frappent pas quand elles sont communes. Nous voyons celles de nos ancêtres et nous ne voyons pas les nôtres. Or, comme il n'est pas une seule époque, dans le passé, où l'homme ne nous paraisse absurde, inique, féroce, il serait miraculeux que notre siècle eût, par spécial privilège, dépouillé toute bêtise, toute malice et toute férocité. Les opinions de M. l'abbé Coignard nous aideraient à faire notre examen de conscience, si nous n'étions semblables à ces idoles dont les yeux ne voient point et les oreilles n'entendent point. Avec un peu de bonne foi et de désintéressement, nous verrions bien vite que nos codes sont encore un nid d'injustices, que nous gardons dans nos mœurs l'héréditaire dureté de l'avarice et de l'orgueil, que nous estimons la seule richesse et n'honorons point le travail. Notre ordre de choses nous apparaîtrait ce qu'il est en effet, un ordre précaire et misérable, que condamne la justice des choses à défaut de celle des hommes et dont la ruine est commencée. Nos riches nous sembleraient aussi stupides que ces hannetons qui continuent de manger la feuille de l'arbre, pendant que le petit scarabée, introduit dans leur corps, leur dévore les entrailles. Nous ne nous laisserions plus endormir par les fausses et plates déclamations de nos gens d'État; nous prendrions en pitié nos économistes qui se disputent entre eux sur le prix des meubles dans la maison qui brûle. Les propos de l'abbé Coignard nous font paraître un dédain prophétique de ces grands principes de la Révolution et de ces droits de la démocratie sur lesquels nous avons établi pendant cent ans, avec toutes les violences et toutes les usurpations, une suite incohérente de gouvernements insurrectionnels, condamnant sans ironie les insurrections. Si nous commencions à sourire un peu de ces sottises, qui parurent augustes et furent parfois sanglantes; si nous nous apercevions que les préjugés modernes ont comme les anciens des effets ou ridicules ou odieux; si nous nous jugions les uns les autres avec un scepticisme charitable (1), les querelles seraient moins vives dans le plus beau pays du monde et M. l'abbé Coignard aurait travaillé pour sa part au bien universel.

ANATOLE FRANCE

1. Cela a été très bien senti. M. Hugues Rebell a reconnu qu'il existe un scepticisme charitable. A propos, non point, il est vrai, des opinions de M. Coignard, mais de quelques écrits sortis de la même inspiration, il a fait plusieurs remarques dont je puis m'autoriser ici :

« Il y aurait une curieuse méditation à faire à la suite de cette lecture qui nous fournit un précieux enseignement. Qu'on me permette donc quelques réflexions :

» 1. L'organisation d'une société ne dépend pas des volontés particulières, mais de la volonté de la nature ou plus simplement de l'ensemble des êtres les plus intelligents composant cette société, qui fatalement choisissent la façon de vivre la plus agréable;

» 2. Les hommes d'une époque ayant le même organisme et les mêmes passions que les hommes d'une autre époque ne peuvent avoir des institutions absolument différentes. Il en résulte qu'une révolution politique n'est qu'un mouvement circulaire du peuple autour de ses anciennes coutumes pour revenir à son point de départ; c'est donc une maladie, une interruption dans le développement de l'humanité. Il résulte aussi de ces lois que toutes les sociétés vivent et meurent de la même façon. »

(Hugues Rebell, *l'Ermitage*, avril 1893.)
M. l'abbé Coignard se contente de dire qu'un peuple, dans le même temps, n'est susceptible que d'une seule forme de gouvernement.

LES OPINIONS

DE

M. JÉRÔME COIGNARD

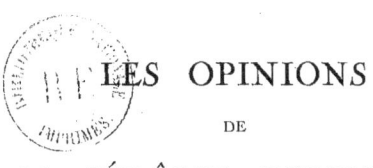

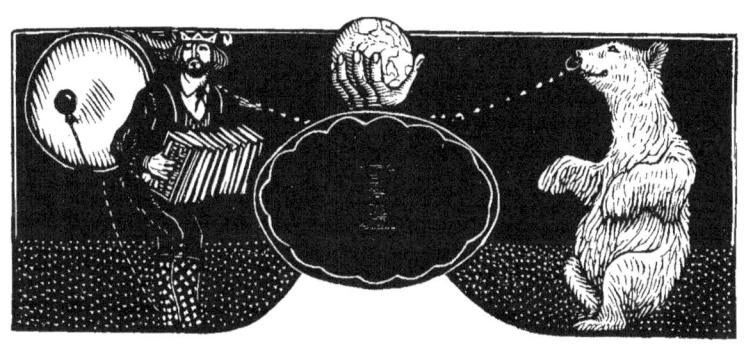

LES MINISTRES D'ÉTAT

ETTE après-dînée, M. l'abbé Jérôme Coignard fit visite, comme il avait accoutumé, à M. Blaizot, libraire, rue Saint-Jacques, à l'*Image Sainte-Catherine*. Avisant sur les tablettes les œuvres de Jean Racine, il se mit à feuilleter négligemment un des tomes de cet ouvrage.

— Ce poète, nous dit-il, n'était pas sans génie, et s'il avait haussé son esprit à écrire ses tragédies en vers latins, il serait digne de louange, surtout à l'endroit de son *Athalie*, où il a montré qu'il entendait assez bien la politique. Corneille n'est, en regard de lui, qu'un vain déclamateur. Cette tragédie de l'avènement de Joas découvre quelques-uns des ressorts dont le jeu élève et renverse les empires. Et il faut croire que M. Racine avait l'esprit de finesse dont nous devons faire plus de cas que de toutes les sublimités de la poésie et de l'éloquence, qui ne sont en réalité que des artifices de rhéteurs, propres à l'amusement des badauds. Tirer l'homme au sublime est le propre d'un esprit faible, qui se méprend sur la véritable nature de la race d'Adam, laquelle est tout entière misérable et digne de pitié. Je me retiens de dire que l'homme est un animal ridicule, par cette seule considération que Jésus-Christ l'a racheté de son précieux sang. La noblesse de l'homme réside uniquement dans ce mystère inconcevable, et les humains, petits ou grands, ne sont, par eux-mêmes, que des bêtes féroces et dégoûtantes.

M. Roman entra dans la boutique au moment où mon bon maître prononçait ces dernières paroles.

— Holà! monsieur l'abbé, s'écria cet habile homme. Vous oubliez que ces bêtes dégoûtantes et féroces sont soumises, tout au moins en Europe, à une police admirable, et que des Etats comme le royaume de France ou la république de Hollande sont bien éloignés de cette barbarie et de cette rudesse qui vous offensent.

Mon bon maître repoussa dans le rayon le tome de Racine et répondit à M. Roman, avec sa grâce coutumière :

— Je vous accorde, monsieur, que les actions des hommes d'Etat prennent quelque ordre et quelque clarté dans les écrits des philosophes qui en traitent, et j'admire dans votre ouvrage sur la *Monarchie* la suite et l'enchaînement des idées. Mais souffrez, monsieur, que je fasse honneur à vous seul des beaux raisonnements que vous prêtez aux grands politiques des temps anciens et des jours présents. Ils n'avaient pas l'esprit que vous leur donnez, et ces illustres, qui semblent avoir mené le monde, étaient eux-mêmes le jouet de la nature et de la fortune. Ils ne s'élevaient pas au-dessus de l'imbécillité humaine, et ce n'était enfin que d'éclatants misérables.

En entendant impatiemment ce discours, M. Roman avait saisi un vieil atlas. Il se mit à l'agiter avec un fracas qui se mêla au bruit de sa voix.

— Quel aveuglement! dit-il. Quoi, méconnaître l'action des grands ministres, des grands citoyens! Ignorez-vous à ce point l'histoire qu'il ne vous paraisse pas qu'un César, un Richelieu, un Cromwell, pétrit les peuples comme un potier l'argile? Ne voyez-vous point qu'un État marche comme une montre aux mains de l'horloger?

— Je ne le vois point, reprit mon bon maître, et depuis cinquante ans que j'existe, j'ai observé que ce pays avait plusieurs fois changé de gouvernement, sans que la condition des personnes y eût changé, sinon par un insensible progrès qui ne dépend point des volontés humaines. D'où je conclus qu'il est à peu près indifférent d'être gouverné d'une manière ou d'une autre, et que les ministres ne sont considérables que par leur habit et leur carrosse.

— Pouvez-vous parler ainsi, répondit M. Roman, au lendemain de la mort d'un ministre d'État qui eut tant de part aux affaires, et qui, après une longue disgrâce, expire dans le moment qu'il ressaisissait le pouvoir avec les honneurs? Par le bruit qui poursuit son cercueil vous pouvez juger de l'effet de ses actes. Cet effet dure après lui.

— Monsieur, répondit mon bon maître, ce ministre fut honnête homme, laborieux, appliqué, et l'on peut dire de lui, comme de M. Vauban, qu'il eut trop de politesse pour en affecter les dehors, car il ne prit jamais soin de plaire à personne. Je le louerai surtout de s'être amélioré dans les affaires, au rebours de tant d'autres qui s'y gâtent. Il avait l'âme forte et un vif sentiment de la grandeur de son pays. Il est louable encore d'avoir porté tranquillement sur ses larges épaules les haines des colporteurs et des petits marquis. Ses ennemis mêmes lui accordent une secrète estime. Mais qu'a-t-il fait, monsieur, de considérable, et par quoi vous apparaît-il autre chose que le jouet des vents qui soufflaient autour de lui? Les jésuites qu'il a chassés sont revenus; la petite guerre de religion qu'il avait allumée afin de divertir le peuple s'est éteinte, ne laissant après la fête que la carcasse puante d'un méchant feu d'artifice. Il eut, je vous l'accorde, le génie du divertissement ou plutôt des diversions. Son parti, qui n'était que celui de l'occasion et des expédients, n'avait pas attendu sa mort pour changer de nom et de chef sans changer de doctrine. Sa cabale resta fidèle à son maître et à elle-même en continuant d'obéir aux circonstances. Est-ce donc là une œuvre dont la grandeur étonne?

— C'en est une admirable en effet, répondit M. Roman. Et ce ministre eût-il seulement tiré l'art du gouvernement des nuages de la métaphysique pour le ramener à la réalité des choses, que je l'en chargerais de louanges. Son parti, dites-vous, fut celui de l'occasion et des expédients. Mais que faut-il pour exceller dans les affaires humaines que saisir l'occasion favorable et recourir aux expédients utiles. C'est ce qu'il fit, ou du moins ce qu'il eût fait, si la mobilité pusillanime de ses amis et l'audace perfide de ses adversaires lui avaient laissé quelque repos. Mais il s'usa dans le vain ouvrage d'apaiser ceux-ci et de raffermir les premiers. Le temps et les hommes, instruments nécessaires, lui firent défaut pour établir son bienfaisant despotisme. Il forma du moins des desseins admirables pour la politique intérieure. Vous ne devez pas oublier que, à l'extérieur, il dota sa patrie de vastes et fertiles territoires. Et nous lui devons en cela d'autant plus de reconnaissance, qu'il fit ces heureuses conquêtes seul et malgré le parlement dont il dépendait.

— Monsieur, répondit mon bon maître, il montra de l'énergie et de l'habileté dans les affaires des colonies, mais non beaucoup plus, peut-être, qu'un bourgeois n'en déploie pour acheter une terre. Et ce qui me gâte toutes ces affaires maritimes, c'est la conduite que les Européens ont coutume de tenir avec les peuples de l'Afrique et de l'Amérique. Les blancs, quand ils sont aux prises avec des hommes jaunes ou noirs, se voient forcés de les exterminer. L'on ne vient à bout des sauvages que par une sauvagerie perfectionnée. C'est à cette extrémité qu'aboutissent toutes les entreprises coloniales. Je ne nie pas que les Espagnols, les Hollandais et les Anglais n'y aient trouvé quelque avantage. Mais d'ordinaire on se lance au hasard et tout à fait à l'aventure dans ces grandes et cruelles expéditions. Qu'est-ce que la sagesse et la volonté d'un homme dans des entreprises qui intéressent le commerce, l'agriculture, la navigation, et qui, par conséquent, dépendent d'une immense quantité d'êtres minuscules? La part d'un ministre en de telles affaires est bien petite, et si elle nous paraît notable, c'est parce que notre esprit, tourné à la mythologie, veut donner un nom et une figure à toutes les forces secrètes de la nature. Qu'a-t-il inventé, votre ministre, en fait de colonies, qui ne fût déjà connu des Phéniciens, au temps de Cadmus?

A ces mots, M. Roman laissa tomber son atlas, que le libraire alla ramasser doucement.

— Monsieur l'abbé, dit-il, je découvre à regret que vous êtes sophiste. Car il faut l'être pour offusquer avec Cadmus et les Phéniciens les entreprises coloniales du ministre défunt. Vous n'avez pu nier que ces entreprises fussent son ouvrage, et vous avez pitoyablement introduit ce Cadmus pour nous embrouiller.

— Monsieur, dit l'abbé, laissons là Cadmus puisqu'il vous fâche.

Je veux dire seulement qu'un ministre a peu de part à ses propres entreprises et qu'il n'en mérite ni la gloire ni la honte; je veux dire que, si dans la comédie pitoyable de la vie, les princes ont l'air de commander comme les peuples d'obéir, ce n'est qu'un jeu, une vaine apparence, et que réellement ils sont les uns et les autres conduits par une force invisible.

SAINT ABRAHAM

N cette nuit d'été, tandis que les moucherons dansaient autour de la lanterne du *Petit-Bacchus*, M. l'abbé Coignard prenait le frais sous le porche de Saint-Benoît-le-Bétourné. Il y méditait, à sa coutume, lorsque Catherine vint s'asseoir à côté de lui sur le banc de pierre. Mon bon maître était enclin à louer Dieu dans ses œuvres. Il prit plaisir à contempler cette belle fille, et comme il avait l'esprit riant et orné, il lui tint des propos agréables. Il la loua d'avoir de l'esprit non seulement sur la langue, mais encore à la gorge et dans le reste de sa personne, et de sourire avec ses lèvres et ses joues, moins encore qu'avec toutes

les fossettes et tous les jolis plis de sa chair, en sorte qu'on souffrait impatiemment les voiles qui empêchaient qu'on ne la vît sourire tout entière.

— Puisque enfin, lui disait-il, il faut pécher sur cette terre, et que nul ne peut, sans superbe, se croire infaillible, c'est avec vous, mademoiselle, que je voudrais que la grâce divine me fît défaut de préférence, si toutefois tel pouvait être votre bon plaisir. J'y rencontrerais deux avantages précieux, à savoir : premièrement, de pécher avec une joie rare et des délices singulières ; secondement, de trouver ensuite une excuse dans la puissance de vos charmes, car il est sans doute écrit au livre du Jugement que vos attraits sont irrésistibles. Cela doit être considéré. L'on voit des imprudents qui forniquent avec des femmes laides et mal faites. Ces malheureux, en travaillant de la sorte, risquent fort de perdre leur âme ; car ils pèchent pour pécher, et leur faute laborieuse est pleine de malice. Tandis qu'une si belle peau que la vôtre, Catherine, est une excuse aux yeux de l'Eternel. Vos charmes allègent merveilleusement la faute, qui devient pardonnable, étant involontaire. Pour tout vous dire, mademoiselle, je sens que, près de vous, la grâce divine m'abandonne et fuit à tire-d'aile. Au moment que je vous parle, ce n'est plus qu'un petit point blanc au-dessus de ces toits où, dans les gouttières, les chats font l'amour avec des cris furieux et des plaintes enfantines, pendant que la lune s'assied effrontément sur un tuyau de cheminée. Tout ce que je vois de votre personne, Catherine, m'est sensible ; et ce que je n'en vois pas m'est plus sensible encore.

A ces mots, elle baissa les yeux sur ses genoux, puis les coula tout luisants sur M. l'abbé Coignard.

Et d'une voix très douce :

— Puisque vous me voulez du bien, monsieur Jérôme, dit-elle, promettez-moi de m'accorder la grâce que je vais vous demander, et dont je vous serai reconnaissante.

Mon bon maître promit. Qui n'en eût fait autant à sa place? Catherine lui dit alors avec vivacité :

— Vous savez, monsieur Jérôme, que l'abbé La Perruque, vicaire à Saint-Benoît, accuse frère Ange de lui avoir volé son âne, et qu'il en a fait une plainte à l'official. Or, rien n'est plus faux. Ce bon frère avait emprunté l'âne pour porter des reliques dans les villages. L'âne s'est perdu en chemin. Les reliques ont été retrouvées. C'est l'essentiel, comme dit frère Ange. Mais l'abbé La Perruque réclame son âne et ne veut rien entendre. Il fera mettre le petit frère dans les prisons de l'archevêque. Vous seul pouvez fléchir sa colère et l'amener à retirer sa plainte.

— Mais, mademoiselle, dit l'abbé Coignard, je n'en ai ni le pouvoir ni l'envie.

— Oh! reprit Catherine, en se glissant près de lui et en le regardant avec une tendresse apprêtée, l'envie, je serais bien malheureuse si je ne parvenais pas à vous la donner. Quant au pouvoir vous l'avez, monsieur Jérôme, vous l'avez. Et rien ne vous sera plus facile que de sauver le petit frère. Il vous suffira de donner à M. La Perruque huit sermons pour le carême et quatre pour l'avent. Vous faites si bien les sermons que ce doit être pour vous un plaisir d'en faire. Composez ces douze sermons, monsieur Jérôme, composez-les tout de suite. J'irai les chercher moi-même dans votre échoppe de Saint-Innocent. M. La Perruque, qui se fait une grande idée de votre savoir et de votre mérite, estime qu'une douzaine de vos sermons vaut un âne. Dès qu'il aura la douzaine, il retirera sa plainte. Il l'a dit. Qu'est-ce que douze sermons, monsieur Jérôme? Et je vous promets d'écrire *amen* au bas du dernier. J'ai votre promesse, ajouta-t-elle en lui passant les bras autour du cou.

— Pour cela, dit rudement M. Coignard en dénouant les jolies mains agrafées à son épaule, je refuse net. Les promesses qu'on fait à une jolie fille n'engagent que la peau, et ce n'est point pécher que de s'en dédire. Ne comptez pas sur moi, la belle, pour tirer votre galant barbu des mains de l'official. Si je faisais un ou deux ou douze sermons, ce serait contre les mauvais moines qui sont la honte de l'Eglise et comme une vermine attachée à la robe de saint Pierre. Ce frère Ange est un fripon; il fait toucher aux bonnes femmes, en guise de reliques, quelque os de mouton ou de cochon, qu'il a lui-même rongé avec une avidité dégoûtante. Il a porté, je gage, sur l'âne de M. La Perruque, une plume de l'ange Gabriel, un rayon de l'étoile des mages et, dans une petite fiole, un peu du son des cloches qui sonnaient dans le clocher du temple de Salomon. Il est ignare, il est menteur et vous l'aimez. Ce sont là trois raisons pour qu'il me déplaise. Je vous laisse à juger, mademoiselle, laquelle des trois est la plus forte. Ce peut bien être la moins honnête, car enfin j'étais porté vers vous tout à l'heure avec une violence qui n'est point de mon âge ni de mon état. Mais ne vous y trompez pas : je ressens très vivement les outrages que votre greluchon encapuchonné fait à l'Eglise de Notre-Seigneur Jésus-Christ, dont je suis un membre très indigne. Et l'exemple de ce capucin m'inspire un tel dégoût que je suis possédé d'une envie soudaine de méditer quelque bel endroit de saint Jean Chrysostome, au lieu de frotter mes genoux aux vôtres, mademoiselle, comme je fais depuis un quart d'heure. Car le désir du pécheur est périssable et la gloire de Dieu dure éternellement. Je ne me suis jamais fait une idée exagérée du péché de la chair. C'est une justice qu'on peut me rendre.

» Je ne m'effarouche pas, à l'exemple de M. Nicodème, pour une si petite affaire que de prendre du plaisir avec une jolie fille. Mais ce que je ne puis souffrir, c'est la bassesse de l'âme, c'est l'hypocrisie, c'est le mensonge et cette crasse ignorance, qui font de votre frère Ange un capucin accompli. Vous prenez dans son commerce, mademoiselle, une habitude de crapule qui vous ravale bien au-dessous de votre condition, laquelle est celle de fille galante. J'en sais les hontes et les misères; mais c'est un état bien supérieur à celui de capucin. Ce coquin vous déshonore, comme il déshonore jusqu'aux ruisseaux de la rue Saint-Jacques, en y trempant les pieds. Songez, mademoiselle, à toutes les vertus dont vous pourriez encore vous orner, dans votre incertain métier, et dont une seule peut-être vous ouvrirait un jour le paradis, si vous n'étiez soumise et assujettie à cette bête immonde.

» Tout en vous laissant prendre çà et là ce qu'il faut bien finalement qu'on vous laisse quand on s'en va, vous pourriez, Catherine, fleurir en foi, en espérance et en charité, aimer les pauvres et visiter les malades. Vous pourriez être aumônière et compatissante, et vous délecter chastement à la vue du ciel, des eaux, des bois et des champs. Vous pourriez, le matin, ouvrant votre fenêtre, louer Dieu en écoutant chanter les oiseaux. Vous pourriez, aux jours de pèlerinage, gravir la montagne de Saint-Valérien et là, sous le calvaire, pleurer doucement votre innocence perdue. Vous pourriez faire en sorte que Celui qui seul lit dans les cœurs dise : « Catherine est ma créature, et je la reconnais aux restes d'une belle lumière qui n'est point éteinte en elle. »

Catherine l'interrompit.

— Mais l'abbé, fit-elle sèchement, c'est un sermon que vous me dégoisez là.

— Ne m'en avez-vous point demandé une douzaine? répondit-il.

Elle commençait à se fâcher.

— Prenez garde, l'abbé. Il dépend de vous que nous soyons amis ou ennemis. Voulez-vous faire les douze sermons? Réfléchissez avant de répondre.

— Mademoiselle, dit M. l'abbé Coignard, j'ai fait des actions blâmables dans ma vie, mais ce n'était pas sans y avoir réfléchi.

— Vous ne voulez pas? C'est bien sûr? Une fois... deux fois... Vous refusez?... L'abbé, je me vengerai.

Elle bouda quelque temps, muette et rechignée sur le banc. Puis tout à coup, elle se mit à crier :

— Finissez! monsieur l'abbé Coignard. A votre âge, avec cet habit respectable, me lutiner ainsi, fi! monsieur l'abbé, fi! Quelle honte, monsieur l'abbé!

Comme elle glapissait le plus aigrement, l'abbé vit Mlle Lecœur, mercière aux *Trois-Pucelles*, qui passait sous le porche. Elle allait, à cette heure tardive, se confesser au troisième vicaire de Saint-Benoît, et détournait la tête en signe de grand dégoût.

Il avoua en lui-même que la vengeance de Catherine était prompte et sûre, car la vertu de Mlle Lecœur, fortifiée par l'âge, était devenue si vigoureuse qu'elle s'attaquait à toutes les impuretés de la paroisse et transperçait sept fois le jour, de la pointe de sa langue, les pécheurs charnels de la rue Saint-Jacques.

Mais Catherine elle-même ne savait pas combien sa vengeance était complète. Elle avait vu venir sur la place Mlle Lecœur. Elle n'avait pas vu mon père qui suivait de près.

Il venait avec moi chercher sous le porche l'abbé pour l'emmener au *Petit-Bacchus*. Mon père avait du goût pour Catherine. Rien ne le fâchait comme de la voir serrée de près par les galants. Il n'avait pas d'illusions sur sa conduite. Mais, comme il disait, savoir et voir sont deux choses différentes. Or, les cris de Catherine lui étaient parvenus très clairs aux oreilles. Il était vif et incapable de se contraindre. J'eus grand'peur que sa colère n'éclatât en propos grossiers et en menaces brutales. Je le voyais déjà tirant sa lardoire, qu'il portait aux cordons de son tablier, comme une arme honorable, car il mettait sa gloire dans l'art de rôtisseur.

Mes craintes n'étaient qu'à demi fondées. Une circonstance où

Catherine montrait de la vertu était pour le surprendre, non pour lui déplaire, et le contentement l'emporta dans son âme sur la colère.

Il aborda mon bon maître assez civilement et lui dit avec une gravité moqueuse :

— Monsieur Coignard, tous les prêtres qui recherchent la société des femmes galantes y laissent leur vertu et leur bon renom. Et c'est justice, alors même qu'aucun plaisir n'a payé leur déshonneur.

Catherine quitta la place avec un bel air de pudeur offensée et mon bon maître répondit à mon père avec une éloquence douce et riante :

— Cette maxime, maître Léonard, est excellente ; encore ne doit-on pas l'appliquer sans discernement et la coller en toute occasion comme l'étiquette « à six blancs » que le coutelier boiteux met à tous ses couteaux. Je ne rechercherai pas en quoi j'en ai pu tantôt mériter l'application. Ne suffit-il pas que j'avoue l'avoir méritée ?

« Il est indécent de s'entretenir de soi-même, et ce serait faire trop de violence à ma pudeur que de m'obliger à discourir de ce qui m'est particulier. J'aime mieux vous opposer, maître Léonard, l'exemple du vénérable Robert d'Arbrissel, qui, fréquentant les filles de joie, y acquit de grands mérites. On peut citer aussi saint Abraham, anachorète de Syrie, qui ne craignit point de pénétrer dans une maison mal famée.

— Qui est ce saint Abraham ? demanda mon père, dont toutes les idées étaient en déroute.

— Asseyons-nous devant votre porte, dit mon bon maître ; apportez un pot de vin ; et je vous conterai l'histoire de ce grand saint, telle qu'elle nous a été enseignée par saint Ephrem lui-même.

Mon père fit signe qu'il le voulait bien. Nous prîmes place tous trois sous l'auvent, et mon bon maître parla comme il suit :

— Saint Abraham, déjà vieux, vivait seul au désert, dans une petite cabane, lorsque son frère mourut, laissant une fille d'une grande beauté, nommée Marie. Assuré que la vie qu'il menait serait excellente pour sa nièce, Abraham fit bâtir pour elle une cellule proche de la sienne, d'où il l'instruisait par une petite fenêtre qu'il avait percée.

« Il avait soin qu'elle jeunât, veillât et chantât des psaumes. Mais un moine, qu'on croit être un faux moine, s'étant approché de Marie pendant que le saint homme Abraham méditait sur les Écritures, induisit en péché la jeune fille qui se dit ensuite :

» — Il vaut bien mieux, puisque je suis morte à Dieu, que j'aille dans un pays où je ne sois connue de personne.

» Et quittant sa cellule, elle s'en alla dans une ville voisine nommée Édesse, où il y avait des jardins délicieux et de fraîches fontaines, et qui est encore aujourd'hui la plus agréable des villes de Syrie.

» Cependant le saint homme Abraham restait plongé dans une méditation profonde. Sa nièce était déjà partie depuis plusieurs jours quand, ouvrant sa petite fenêtre, il demanda :

» — Marie, pourquoi ne chantes-tu plus les psaumes que tu chantais si bien?

» Et ne recevant pas de réponse, il soupçonna la vérité et s'écria :

» — Un loup cruel a enlevé ma brebis!

» Il demeura dans l'affliction pendant deux ans; après quoi, il apprit que sa nièce menait une mauvaise vie. Agissant avec prudence, il pria un de ses amis d'aller à la ville pour reconnaître exactement ce qu'il en était. Le rapport de cet ami fut qu'en effet Marie menait une mauvaise vie. A cette nouvelle, le saint homme pria son ami de lui prêter un habit de cavalier et de lui amener un cheval; et, ayant mis sur sa tête, afin de n'être point reconnu, un grand chapeau qui lui couvrait le visage, il se rendit dans l'hôtellerie où on lui avait dit que sa nièce était logée. Il jetait les yeux de tous côtés pour voir s'il ne l'apercevrait point; mais, comme elle ne paraissait pas, il dit à l'hôtelier, feignant de sourire :

» — Mon maître, on dit que vous avez ici une jolie fille. Ne pourrais-je pas la voir?

» L'hôtelier, qui était obligeant, la fit appeler, et Marie se présenta dans un costume qui, selon la propre expression de saint Ephrem, suffisait à révéler sa conduite. Le saint homme en fut pénétré de douleur.

» Il affecta pourtant la gaieté et commanda un bon repas. Marie était, ce jour-là, d'une humeur sombre. A donner le plaisir, on ne le goûte pas toujours; et la vue de ce vieillard, qu'elle ne reconnaissait pas, car il n'avait point tiré son chapeau, ne la tournait nullement à la joie. L'hôtelier lui faisait honte d'une si méchante attitude, et si contraire aux devoirs de sa profession; mais elle dit en soupirant :

» — Plût à Dieu que je fusse morte, il y a trois ans!

» Le saint homme Abraham prit soin de prendre le langage d'un galant cavalier comme il en avait pris l'habit :

» — Ma fille, dit-il, je viens ici non pour pleurer tes péchés, mais pour partager ton amour.

» Mais quand l'hôtelier l'eut laissé seul avec Marie, il cessa de feindre et, levant son chapeau, il dit en pleurant :

» — Ma fille Marie, ne me reconnaissez-vous pas? Ne suis-je pas Abraham qui vous ai tenu lieu de père?

» Il lui prit la main et l'exhorta toute la nuit au repentir et à la pénitence. Surtout il eut soin de ne point la désespérer. Il lui répétait sans cesse : « Ma fille, il n'y a que Dieu d'impeccable! »

» Marie avait l'âme naturellement douce. Elle consentit à retourner auprès de lui. Quand le jour se leva, ils partirent. Elle voulait emporter ses robes et ses bijoux. Mais le saint homme lui fit entendre qu'il était plus convenable de les laisser. Il la fit monter sur son cheval et la ramena aux cellules où ils reprirent tous deux leur vie passée. Seulement le saint homme prit soin, cette fois, que la chambre de Marie ne communiquât point avec le dehors et qu'on n'en pût sortir sans passer par la chambre qu'il habitait lui-même, moyennant quoi, avec la grâce de Dieu, il garda sa brebis.

» Telle est l'histoire de saint Abraham, dit mon bon maître en prenant sa tasse de vin.

— Elle est parfaitement belle, dit mon père, et le malheur de cette pauvre Marie m'a tiré les larmes des yeux.

LES MINISTRES D'ÉTAT (Suite et Fin)

 E jour-là, nous fûmes bien surpris, mon bon maître et moi, de rencontrer chez M. Blaizot, à l'*Image Sainte-Catherine*, un petit homme maigre et jaune qui n'était pas autre que le célèbre libelliste, Jean Hibou. Nous avions tout lieu de croire qu'il était à la Bastille, où il avait accoutumé de vivre. Et, si nous n'hésitâmes pas à le reconnaître, c'est qu'il gardait encore sur le visage l'ombre et l'humidité des cachots. Il feuilletait d'une main frémissante, sous l'œil inquiet du libraire, les écrits politiques nouvellement venus de Hollande. M. l'abbé Jérôme Coignard lui tira son chapeau avec une grâce naturelle qui eût été plus sensible

si le chapeau de mon bon maître n'avait pas été défoncé, la veille au soir, dans une rixe sans conséquence, sous la treille du *Petit-Bacchus*.

M. l'abbé Coignard lui ayant témoigné qu'il avait joie à revoir un si habile homme :

— Ce ne sera pas pour longtemps, répondit M. Jean Hibou. Je quitte ce pays où je ne puis vivre. Je ne saurais respirer plus longtemps l'air corrompu de cette ville. Dans un mois je serai établi en Hollande. Il est cruel de subir Fleury après Dubois, et j'ai trop de vertu pour être Français. Nous sommes gouvernés, sur de mauvais principes, par des imbéciles et des coquins. C'est ce que je ne puis souffrir.

— Il est vrai, dit mon bon maître, que les affaires publiques sont mal conduites et qu'il y a beaucoup de voleurs en place. Les sots et les méchants se partagent la puissance et si j'écris jamais sur les affaires du temps j'en ferai un petit livre à la façon de l'*Apokolokyntose* de Sénèque le Philosophe ou de notre *Satire Ménippée*, qui est assez savoureuse. Cette façon légère et plaisante convient mieux à la matière que la roideur morose d'un Tacite ou que la gravité patiente d'un de Thou. Je ferais de ce libelle des manuscrits qu'on passerait sous le manteau, et l'on y verrait un mépris philosophique des hommes. Les gens en place, pour la plupart, en seraient fort irrités; mais quelques-uns, je crois, goûteraient un secret plaisir à s'y voir couverts d'infamie. J'en juge par ce que j'ouïs dire à une dame de bonne naissance que je connus à Séez, du temps que j'y étais bibliothécaire de M. l'évêque. Elle était sur le retour et toute frémissante encore de ses débauches effrénées. Car il faut vous dire qu'elle avait été pendant vingt ans la meilleure haquenée de la province de Normandie. Et comme je l'interrogeais sur le plaisir qu'elle avait le plus vivement ressenti dans sa vie :

» — C'est, me répondit-elle, celui de me sentir déshonorée.

» Je reconnus à cette réponse qu'elle avait de la délicatesse. J'en veux supposer autant à tel ou tel de nos ministres, et si jamais j'écris contre ceux-là, ce sera pour les flatter curieusement dans leur vice et dans leur infamie. Mais pourquoi différer l'exécution d'un si beau dessein? Je veux demander tout de suite à M. Blaizot un cahier de papier pour écrire le premier chapitre de la nouvelle *Ménippée*.

Il tendait déjà le bras vers M. Blaizot étonné. M. Jean Hibou l'arrêta vivement.

— Gardez, monsieur l'abbé, lui dit-il, ce beau projet pour la Hollande et venez avec moi à Amsterdam, où je vous trouverai un emploi chez quelque limonadier ou baigneur. Là, vous serez libre; vous pourrez écrire la nuit votre *Ménippée* au bout d'une table, tandis qu'à l'autre bout je composerai mes libelles. Ils seront virulents, et qui sait si par nos efforts nous n'amènerons point un changement dans les affaires du royaume? Les libellistes ont plus de part qu'on ne croit à la chute des empires; ils préparent les catastrophes que les peuples mutinés consomment.

» Quel triomphe, ajouta-t-il d'une voix qui sifflait entre ses dents noires, rongées par l'âcre humeur de sa bouche, quelle joie si je parvenais à détruire un de ces monstres qui m'ont lâchement enfermé à la Bastille! Ne voulez-vous pas, monsieur l'abbé, vous associer à un si bel ouvrage?

— Point du tout, répondit mon bon maître. Je serais bien fâché de rien changer à la forme de l'État, et si je pensais que mon *Apokolokyntose* ou *Ménippée* pût avoir un pareil effet, je ne l'écrirais jamais.

— Quoi! s'écria le libelliste déçu, ne me disiez-vous pas ici, tout à l'heure, que ce gouvernement était mauvais?

— Sans doute, dit l'abbé. Mais j'imite la sagesse de cette vieille de Syracuse qui, au temps où Denys était le plus exécrable à son peuple, allait tous les jours dans le temple prier les dieux pour la vie du tyran. Instruit d'une piété si singulière, Denys voulut en connaître les raisons. Il fit venir la bonne femme et l'interrogea :

» — Je ne suis pas jeune, répondit-elle, j'ai vécu sous beaucoup de tyrans, et j'ai toujours observé qu'à un mauvais succédait un pire. Tu es le plus détestable que j'aie encore vu. D'où je conclus que ton successeur sera, s'il est possible, plus méchant que toi, et je prie les dieux de nous le donner le plus tard possible.

» Cette vieille était fort sensée, et j'estime comme elle, monsieur Jean Hibou, que les moutons font sagement de se laisser tondre par leur vieux berger, de peur qu'il n'en vienne un plus jeune qui les tonde de plus près.

La bile de M. Jean Hibou, mise en mouvement par ce discours, se répandit en paroles amères :

— Quels lâches propos ! quelles indignes maximes ! Oh ! monsieur l'abbé, que vous êtes peu amateur du bien public et que vous méritez mal la couronne de chêne promise par les poètes aux vaillants citoyens ! Il vous fallait naître chez les Tartares, chez les Turcs, esclave d'un Gengiskan ou d'un Bajazet, plutôt qu'en Europe où l'on enseigne les principes du droit public et de la philosophie. Quoi ! vous subissez un mauvais gouvernement sans l'envie même d'en changer ! De tels sentiments, dans une république de ma façon, seraient punis, pour le moins, de l'exil et de la relégation. Oui, monsieur l'abbé, dans la constitution que je médite et qui sera réglée d'après les maximes de l'antiquité, j'ajouterai un article pour la punition des mauvais citoyens tels que vous. Et j'édicterai des châtiments contre quiconque, pouvant améliorer l'Etat, ne le fera pas.

— Eh ! eh ! dit l'abbé en riant, vous ne me donnez pas de la sorte l'envie d'habiter votre Salente. Ce que vous m'en faites connaître me porte à croire que l'on y sera fort contraint.

M. Jean Hibou répondit sentencieusement.

— On n'y sera contraint qu'à la vertu.

— Ah! dit l'abbé, que la vieille de Syracuse avait raison et qu'il faut craindre d'avoir M. Jean Hibou après Dubois et Fleury! Vous me promettez, monsieur, le gouvernement des violents et des hypocrites, et c'est pour hâter l'effet de vos promesses que vous m'engagez à me faire limonadier ou baigneur sur un canal d'Amsterdam. Grand merci! Je reste rue Saint-Jacques où l'on boit du vin frais en frondant les ministres. Croyez-vous me séduire par le mirage de ce gouvernement des honnêtes gens, qui entoure les libertés de telles défenses qu'on n'en peut plus jouir?

— Monsieur l'abbé, dit Jean Hibou qui s'échauffait, est-ce de la bonne foi, que d'attaquer une police de l'État que j'ai conçue à la Bastille et que vous ne connaissez pas?

— Monsieur, reprit mon bon maître, je me défie des gouvernements que l'on conçoit dans la cabale et la mutinerie. L'opposition est une très mauvaise école de gouvernement, et les politiques avisés, qui se poussent par ce moyen aux affaires, ont grand soin de gouverner par des maximes tout à fait opposées à celles qu'ils professaient auparavant. Cela s'est vu en Chine et ailleurs. Les mêmes nécessités auxquelles étaient soumis leurs prédécesseurs les conduisent. Et ils n'apportent de nouveau que leur inexpérience. C'est une des raisons, monsieur, qui me font augurer qu'un gouvernement nouveau sera plus importun que celui qu'il remplacera sans être beaucoup différent. Ne l'avons-nous pas déjà éprouvé?

— Ainsi, dit M. Jean Hibou, vous êtes pour les abus?

— Vous l'avez dit, répondit mon bon maître. Les gouvernements sont comme les vins qui se dépouillent et s'adoucissent avec le temps. Les plus durs perdent à la longue un peu de leur rudesse. Je crains un empire dans sa première verdeur. Je crains l'âpre nouveauté d'une république. Et, puisqu'il faut être mal gouverné, je préfère des princes et des ministres chez qui les premières ardeurs sont tombées.

M. Jean Hibou rencogna son chapeau sur son nez et nous dit adieu d'une voix irritée.

Quand il fut parti, M. Blaizot leva les yeux de dessus ses registres et, assurant ses bésicles, il dit à mon bon maître :

— Je suis libraire à l'*Image Sainte-Catherine* depuis bientôt quarante ans et ce m'est une joie toujours nouvelle d'entendre les propos des savants qui fréquentent dans ma boutique. Mais je n'aime pas beaucoup les discours sur les affaires publiques. On s'y échauffe, on s'y querelle vainement.

— C'est aussi, dit mon bon maître, qu'en cette matière il n'y a guère de principes solides.

— Il y en a du moins un, que personne ne s'avisera de contester, répondit M. Blaizot, libraire, c'est qu'il faudrait être mauvais chrétien et mauvais Français pour nier la vertu de la sainte Ampoule de Reims, par laquelle nos rois sont institués vicaires de Jésus-Christ pour le royaume de France. C'est le fondement de la monarchie qui ne sera jamais ébranlé.

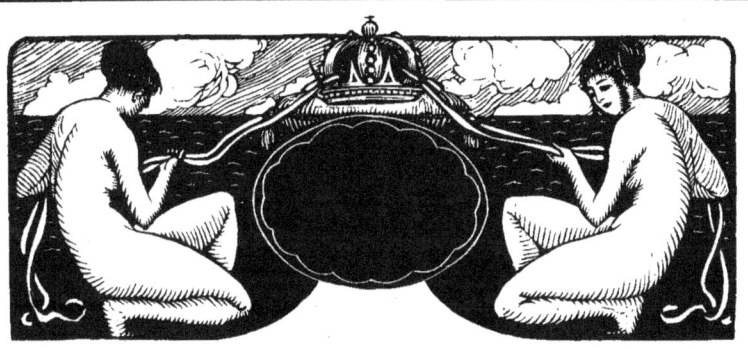

AFFAIRE DU MISSISSIPI

N sait qu'en l'année 1722, le Parlement de Paris jugea l'affaire du Mississipi dans laquelle furent impliqués, avec les directeurs de la Compagnie, un ministre d'Etat, secrétaire du roi, et plusieurs sous-intendants de provinces. La Compagnie était accusée d'avoir corrompu les officiers du royaume et du roi, qui l'avaient en réalité dépouillée avec l'avidité ordinaire aux gens en place dans les gouvernements faibles. Et il est certain qu'à cette époque tous les ressorts du gouvernement étaient détendus ou faussés. A l'une des audiences de ce procès mémorable, la dame de la Morangère, femme d'un des directeurs de la Compagnie

du Mississipi, fut entendue en la grand'chambre par messieurs du Parlement. Elle déposa qu'un sieur Lescot, secrétaire de M. le lieutenant-criminel, l'ayant mandée secrètement au Châtelet, lui fit sentir qu'il ne dépendait que d'elle de sauver son mari, qui était bel homme et de bonne mine. Il lui avait parlé à peu près en ces termes : « Madame, ce qui fâche les vrais amis du roi en cette affaire, c'est que les jansénistes n'y sont point impliqués. Ces jansénistes sont des ennemis de la couronne autant que de la religion. Donnez-nous, madame, les moyens de perdre l'un d'eux et nous reconnaîtrons ce service d'Etat en vous rendant votre mari avec tous ses biens. » Quand Mme de la Morangère eut rapporté ce discours, qui n'était pas fait pour le public, M. le président du Parlement fut bien obligé d'appeler en la grand'chambre le sieur Lescot, qui d'abord essaya de nier. Mais Mme de la Morangère avait de beaux yeux limpides, dont il ne put soutenir le regard. Il se troubla et fut confondu. C'était un grand vilain homme roux, comme Judas Iscariote.

Cette affaire, connue des gazettes, fit l'entretien de Paris. On en parla dans les salons, dans les promenades, chez le barbier et chez le limonadier. Et partout Mme de la Morangère inspirait autant de sympathie que le Lescot donnait de dégoût.

La curiosité publique était vive encore quand j'accompagnai M. l'abbé Jérôme Coignard, mon bon maître, chez M. Blaizot qui, comme vous savez, est libraire rue Saint-Jacques, à l'*Image Sainte-Catherine*.

Nous trouvâmes dans la boutique le secrétaire particulier d'un ministre d'Etat, M. Gentil, qui se cachait le visage dans un livre nouvellement venu de Hollande, et le célèbre M. Roman, qui a traité de la raison d'Etat en divers ouvrages estimés. Le vieux M. Blaizot, derrière le comptoir, lisait la gazette.

M. Jérôme Coignard se coula jusqu'à lui pour attraper par-dessus ses épaules les nouvelles dont il était friand. Ce savant homme et d'un si beau génie ne possédait aucune part des biens de ce monde et quand il avait bu une chopine au *Petit-Bacchus,* il ne lui restait pas un sou dans sa poche pour acheter les feuilles publiques. Ayant lu sur le dos de M. Blaizot la déposition de la dame de la Morangère, il s'écria que cela était bien, et qu'il lui plaisait de voir l'iniquité crouler du haut de sa tour sous la faible main d'une femme, comme il en est des exemples merveilleux rapportés dans l'Écriture.

— Cette dame, ajouta-t-il, bien qu'alliée à des publicains que je n'aime point, est semblable à ces femmes fortes, si vantées au livre des Rois. Elle plaît par un rare mélange de droiture et de finesse et j'applaudis à sa piquante victoire.

M. Roman l'interrompit :

— Prenez garde, monsieur l'abbé, dit-il en étendant le bras, prenez garde que vous considérez cette affaire sous un aspect individuel et particulier, sans vous inquiéter, comme vous devriez le faire, des intérêts publics qui y sont liés. Il faut voir en tout la raison d'État et il est clair que cette raison souveraine exigeait que Mme de la Morangère ne parlât pas ou que ses paroles ne trouvassent pas de créance.

M. Gentil leva le nez de dessus son livre.

— On a beaucoup exagéré, dit-il, l'importance de cet incident.

— Ah! monsieur le secrétaire, reprit M. Roman, nous ne croirons pas qu'un incident qui vous fera perdre votre place soit sans importance. Car vous en périrez, monsieur, vous et votre maître. Pour ma part, j'en suis aux regrets. Mais ce qui me consolerait de la chute des ministres que le coup atteint, c'est l'impuissance où ils furent de le prévenir.

M. Gentil fit entendre par un petit clignement d'œil qu'il entrait, sur ce point, dans les vues de M. Roman.

Celui-ci poursuivit :

— L'Etat est comme le corps humain. Toutes les fonctions qu'il accomplit ne sont pas nobles. Aussi en est-il qu'il faut cacher, je dis des plus nécessaires.

— Ah! monsieur, dit l'abbé, était-il donc nécessaire que le Lescot agît de la sorte avec la pauvre femme d'un prisonnier? C'était une infamie!

— Oh! dit M. Roman, ce fut une infamie quand on le sut. Avant, ce n'était rien. Si vous voulez jouir de ce bienfait d'être gouvernés, qui seul met les hommes au-dessus des animaux, il faut laisser aux gouvernants les moyens d'exercer le pouvoir. Et le premier de ces moyens est le secret. C'est pourquoi le gouvernement populaire, qui est le moins secret de tous, en est aussi le plus faible. Croyez-vous donc, monsieur l'abbé, qu'on puisse conduire les hommes par la vertu? Ce serait une grande rêverie.

— Je ne le crois pas, répondit mon bon maître. J'ai observé, dans les fortunes diverses de ma vie, que les hommes étaient de méchantes bêtes, qu'on ne parvient à contenir que par force et par ruse. Mais encore y faut-il mettre quelque mesure, et ne point trop offenser le peu de bons sentiments qui est mêlé dans leur âme aux mauvais instincts. Car enfin, monsieur, l'homme, tout lâche, bête et cruel qu'il est, fut formé à l'image de Dieu, et il lui reste quelques traits de sa première figure. Un gouvernement qui, sortant de la médiocre et commune honnêteté, scandalise les peuples, doit être déposé.

— Parlez plus bas, monsieur l'abbé, dit le secrétaire.

— Le souverain n'a jamais tort, dit M. Roman, et vos maximes, monsieur l'abbé, sont d'un séditieux. Vous mériteriez, vous et vos pareils, de n'être plus gouvernés du tout.

— Oh! dit mon bon maître, si le gouvernement, comme vous nous le donnez à entendre, consiste dans la fourbe, la violence, et les exactions de toutes sortes, il n'y a pas beaucoup à craindre que cette menace soit suivie d'effet; et nous trouverons longtemps encore des ministres d'Etat et des gouverneurs de provinces pour faire nos affaires. Seulement, je voudrais bien qu'il en vînt d'autres à la place de ceux-ci. Les nouveaux ne pourraient être plus mauvais que les anciens, et qui sait si même ils ne seraient pas un peu meilleurs?

— Prenez garde dit M. Roman, prenez garde! Ce qu'il y a d'admirable dans l'Etat, c'est la suite et la continuité et, s'il ne se trouve pas au monde un Etat parfait, c'est, à mon sens, qu'au temps de Noé le déluge jeta du trouble dans la transmission des couronnes. C'est un désordre dont nous ne sommes pas encore bien remis aujourd'hui.

— Monsieur, reprit mon bon maître, vous êtes plaisant avec vos théories. L'histoire du monde est pleine de révolutions; on n'y voit que des guerres civiles, tumultes, séditions causés par la méchanceté des princes, et je ne sais ce qu'il faut admirer le plus à cette heure de l'impudence des gouvernants ou de la patience des peuples.

Le secrétaire se plaignit alors que M. l'abbé Coignard méconnût les bienfaits de la royauté et M. Blaizot nous représenta qu'il n'était pas séant de disputer des affaires publiques dans l'échoppe d'un libraire.

Quand nous fûmes dehors, je tirai mon bon maître par la manche.

— Monsieur l'abbé, lui dis-je, avez-vous donc oublié la vieille de Syracuse, que vous voulez maintenant changer le tyran?

— Tournebroche, mon fils, me répondit-il, j'en conviens de bonne grâce, je suis tombé dans la contradiction. Mais cette ambiguïté que vous relevez justement dans mes discours n'est pas aussi maligne que celle nommée antinomie par les philosophes. Charron, dans son livre de *la Sagesse*, affirme qu'il existe des antinomies qu'on ne peut résoudre. Pour ma part, à peine suis-je plongé dans la méditation de la nature, que je vois apparaître à mon esprit une demi-douzaine de ces diablesses qui se prennent de bec devant moi et font mine de s'entr'arracher les yeux; et l'on voit bien tout de suite qu'on ne viendra jamais à bout de réconcilier entre elles ces obstinées mégères. Je perds tout espoir de les mettre d'accord, et c'est leur faute si je n'ai pas fait beaucoup avancer la métaphysique. Mais dans le cas présent, la contradiction, Tournebroche, mon fils, n'est qu'apparente. Ma raison est toujours avec la vieille de Syracuse. Je pense aujourd'hui ce que je pensais hier. Seulement je viens de me laisser emporter par le cœur et de céder à la passion, comme le vulgaire.

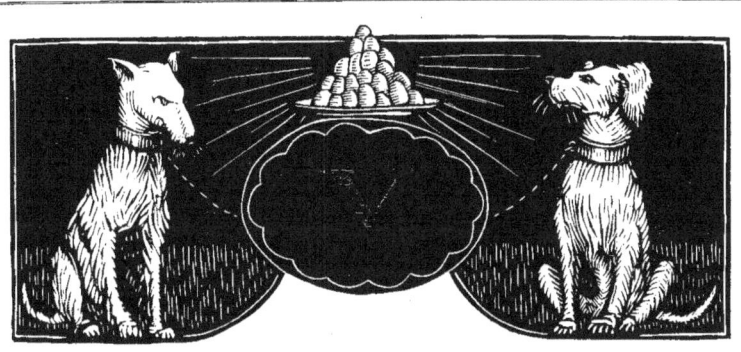

LES OEUFS DE PAQUES

 ON père était rôtisseur dans la rue Saint-Jacques, vis-à-vis de Saint-Benoît-le-Bétourné. Je ne vous dirai pas qu'il aimât le carême; ce sentiment n'eût point été naturel chez un rôtisseur. Mais il en observait les jeûnes et abstinences en bon chrétien qu'il était. Faute d'argent pour acheter des dispenses à l'archevêché, il soupait de merluche aux jours maigres, avec sa femme, son fils, son chien et ses hôtes ordinaires, dont le plus assidu était mon bon maître, M. l'abbé Jérôme Coignard. Ma sainte mère n'eût point souffert que Miraut, notre gardien, rongeât un os le vendredi saint. Ce jour-là, elle ne mêlait ni chair ni graisse à

la pâtée du pauvre animal. En vain, M. l'abbé Coignard lui représentait-il que c'était là mal faire et qu'en bonne justice Miraut, qui n'avait point de part aux sacrés mystères de la rédemption, n'en devait point souffrir dans sa pitance.

— Ma bonne femme, disait ce grand homme, il est convenable que nous mangions de la merluche comme membres de l'Eglise; mais il y a quelque superstition, impiété, témérité, voire sacrilège, à associer, comme vous le faites, un chien à des macérations infiniment précieuses par l'intérêt que Dieu lui-même y prend, et qui seraient sans cela méprisables et ridicules. C'est un abus que votre simplicité rend innocent, mais qui serait criminel chez un docteur ou seulement chez un chrétien d'un esprit judicieux. Une telle pratique, ma bonne dame, va droit à la plus épouvantable des hérésies. Elle ne tend pas moins qu'à soutenir que Jésus-Christ est mort pour les chiens comme pour les fils d'Adam. Et rien n'est plus contraire aux Ecritures.

— Il se peut, répondait ma mère. Mais, si Miraut faisait gras le vendredi saint, je m'imaginerais qu'il est juif et je le prendrais en horreur. Est-ce là faire un péché, monsieur l'abbé?

Et mon bon maître reprenait avec douceur, en buvant un coup de vin :

— Ah! chère créature, sans décider ici si vous péchez ou si vous ne péchez pas, je vous dis en vérité que vous n'avez point de malice et que je croirais à votre salut éternel plutôt qu'à celui de cinq ou six évêques et cardinaux de ma connaissance, qui pourtant ont écrit de beaux traités de droit canon.

Miraut avalait en reniflant sa pâtée et mon père s'en allait avec M. l'abbé Coignard faire un tour au *Petit-Bacchus*.

C'est ainsi qu'à la rôtisserie de *la Reine Pédauque*, nous passions le saint temps du carême. Mais dès le matin de Pâques quand les cloches de Saint-Benoît-le-Bétourné annonçaient la joie de la

Résurrection, mon père embrochait poulets, canards et pigeons par douzaines, et Miraut, au coin de la cheminée flambante, respirait la bonne odeur de la graisse en remuant la queue avec une allégresse pensive et grave. Vieux, fatigué, presque aveugle, il goûtait encore les joies de cette vie dont il acceptait les maux avec une résignation qui les lui rendait moins cruels. C'était un sage, et je ne suis pas surpris que ma mère associât à ses œuvres pies une créature si raisonnable.

Après avoir entendu la grand'messe, nous dînions dans la boutique bien odorante. Mon père apportait à ce repas une joie religieuse. Il avait communément pour convives quelques clercs de procureur et mon bon maître, M. l'abbé Coignard. En l'an de grâce 1725, il m'en souvient, mon bon maître nous amena M. Nicolas Cerise qu'il avait tiré d'une soupente de la rue des Maçons où ce savant homme écrivait tout le jour et toute la nuit, pour les éditeurs de la Hollande, des nouvelles de la république des lettres. Sur la table une montagne d'œufs rouges s'élevait dans un panier de fil de fer. Et, quand M. l'abbé Coignard eut dit le *Benedicite*, ces œufs fournirent la matière de l'entretien.

— On lit dans Ælius Lampridus, dit M. Nicolas Cerise, qu'une poule appartenant au père d'Alexandre Sévère pondit un œuf rouge le jour de la naissance de cet enfant destiné à l'empire.

— Ce Lampride, qui n'avait pas beaucoup d'esprit, répondit mon bon maître, devait laisser ce conte aux bonnes femmes qui le répandaient. Vous avez trop de jugement, monsieur, pour faire sortir de cette fable absurde la coutume chrétienne de faire servir des œufs rouges le jour de Pâques.

— Je ne crois pas, en effet, répliqua M. Nicolas Cerise, que cet usage vienne de l'œuf d'Alexandre Sévère. La seule conclusion que je veuille tirer du fait rapporté par Lampridus, c'est qu'un œuf rouge présageait chez les païens le pouvoir suprême. Au reste, ajouta-t-il, il fallait que cet œuf eût été rougi de quelque manière, car les poules ne pondent pas d'œufs rouges.

— Pardonnez-moi, dit ma mère qui, debout, près de la cheminée, garnissait les plats, j'ai vu, dans mon enfance, une poule noire qui donnait des œufs tirant sur le brun; c'est pourquoi je croirais volontiers qu'il y a des poules dont les œufs sont rouges ou d'une couleur approchant le rouge, telle, par exemple, que la couleur de la brique.

— Cela est bien possible, dit mon bon maître, et la nature est beaucoup plus diverse et variée dans ses productions que nous ne le croyons communément. Il y a dans la génération des animaux des bizarreries de toute sorte, et l'on voit dans les cabinets d'histoire naturelle des monstres plus étranges qu'un œuf rouge.

— C'est ainsi, reprit M. Nicolas Cerise, qu'on garde dans le cabinet du roi un veau à cinq pattes et un enfant à deux têtes.

— J'ai vu mieux encore à Auneau, près Chartres, dit ma mère en posant sur la table une douzaine d'aunes de saucisses aux choux dont la fumée agréable montait aux solives du plancher. J'ai vu, messieurs, un enfant nouveau-né avec des pattes d'oie et une tête de serpent. La sage-femme qui le reçut en eut tant d'horreur qu'elle le jeta au feu.

Prenez garde, s'écria M. l'abbé Jérôme Coignard, prenez garde que l'homme naît de la femme pour servir Dieu et qu'il est inconcevable qu'on le puisse servir avec une tête de serpent, et qu'en conséquence il n'y a pas d'enfants de cette sorte, et que votre sage-femme rêvait ou s'est moquée de vous.

— Monsieur l'abbé, dit M. Nicolas Cerise avec un petit sourire, vous avez vu comme moi, dans le cabinet du roi, un fœtus à quatre jambes et deux sexes conservé dans un bocal rempli d'esprit-de-vin et, dans un autre bocal, un enfant sans tête avec un œil au-dessus du nombril. Ces monstres pouvaient-ils mieux servir

Dieu que l'enfant à tête de serpent dont parle notre hôtesse? Et que dire de ceux qui ont deux têtes, en sorte qu'on ne sait s'ils ont aussi deux âmes? Avouez, monsieur l'abbé, que la nature, en s'amusant à ces jeux cruels, embarrasse quelque peu les théologiens.

Mon bon maître ouvrait déjà la bouche pour répondre, et sans doute il eût détruit tout à fait l'objection de M. Nicolas Cerise, mais ma mère, que rien n'arrêtait quand elle avait envie de parler, le devança en disant très haut que l'enfant d'Auneau n'était pas une créature humaine et que c'était le diable qui l'avait fait à une boulangère.

— Et la preuve, ajouta-t-elle, c'est que personne ne songea à le baptiser et qu'on l'enterra dans une serviette au fond du courtil. Si ç'avait été une créature humaine, on l'aurait mise en terre sainte. Quand le diable fait un enfant à une femme, il le fait en forme d'animal.

— Ma bonne femme, lui répondit M. l'abbé Coignard, il est merveilleux qu'une villageoise en sache sur le diable plus long qu'un docteur en théologie et j'admire que vous vous en rapportiez à la matrone d'Auneau sur le point de savoir si tel fruit d'une femme appartient ou non à l'humanité rachetée par le sang de Dieu. Croyez-m'en : ces diableries ne sont que de sales imaginations dont vous devez nettoyer votre esprit. On ne lit point dans les Pères que le diable fasse des enfants aux filles. Toutes ces histoires de fornications sataniques sont des rêveries dégoûtantes, et c'est une honte que des jésuites et des dominicains en aient fait des traités.

— Vous parlez bien, l'abbé, dit M. Nicolas Cerise, en piquant une saucisse dans le plat. Mais vous ne répondez point à ce que je disais, que les enfants qui naissent sans tête ne sont pas bien appropriés aux fins de l'homme, qui sont, dit l'Eglise, de connaître, de servir et d'aimer Dieu, et qu'en cela, comme dans la quantité des germes qui se perdent, la nature n'est pas, à vrai dire, suffisamment théologique et chrétienne. J'ajouterai qu'elle n'est guère religieuse dans aucun de ses actes et qu'elle semble ignorer son Dieu. Voilà ce qui m'effraye, l'abbé.

— Oh! s'écria mon père, en agitant au bout de sa fourchette un pilon de la volaille qu'il découpait, oh! que voilà des discours ténébreux, maussades et mal appropriés à la fête que nous célébrons aujourd'hui. Aussi bien est-ce la faute de ma femme, qui nous sert un enfant à tête de serpent, comme si ce plat était agréable à d'honnêtes convives. Faut-il que de mes beaux œufs rouges soient sorties tant d'histoires diaboliques!

— Ah! notre hôte, dit M. l'abbé Coignard, il est vrai que de l'œuf sortent toutes choses. Sur cette idée les païens ont imaginé des fables très philosophiques. Mais que d'œufs aussi chrétiens sous leur pourpre antique, que ceux que nous venons de manger, s'échappe une telle volée d'impiétés sauvages, c'est ce dont je demeure confondu.

M. Nicolas Cerise regarda mon bon maître d'un œil clignotant et lui dit avec un rire mince :

— Monsieur l'abbé Coignard, ces œufs, dont les coquilles teintes de betterave jonchent le plancher sous nos pieds, ne sont point, dans leur essence, aussi chrétiens et catholiques qu'il vous plaît de le croire. Les œufs de Pâques sont, au contraire, d'origine païenne et rappellent, au moment de l'équinoxe de printemps, l'éclosion mystérieuse de la vie. C'est un vieux symbole qui s'est conservé dans la religion chrétienne.

— On peut soutenir tout aussi raisonnablement, dit mon bon maître, que c'est un symbole de la résurrection du Christ. Pour moi, qui n'ai nul goût à charger la religion de subtilités symboliques, je croirais volontiers que la joie de manger des œufs, dont on a été privé durant le carême, est la seule cause qui les fait paraître en ce jour sur les tables avec honneur et vêtus de la pourpre royale.

Mais il n'importe, et ce ne sont là que des bagatelles dont s'amusent les esprits érudits et les bibliothécaires. Ce qu'il y a de considérable dans vos propos, monsieur Nicolas Cerise, c'est que vous opposez la nature à la religion et que vous les voulez faire ennemies l'une de l'autre. Impiété, monsieur Nicolas Cerise, si horrible que ce bonhomme de rôtisseur lui-même en a frémi sans la comprendre! Mais je n'en suis point troublé, et de tels arguments ne peuvent séduire une minute un esprit qui sait se diriger.

» En effet, vous avez procédé, monsieur Nicolas Cerise, par cette voie rationnelle et scientifique, qui n'est qu'une étroite, courte et sale impasse, au fond de laquelle on se casse le nez inglorieusement. Vous avez raisonné à la manière d'un apothicaire méditatif, qui croit connaître la nature parce qu'il en flaire quelques apparences. Et vous avez jugé que la génération naturelle, qui produit des monstres, n'est pas dans le secret de Dieu qui crée des hommes pour célébrer sa gloire : *Pulcher hymnus Dei homo immortalis.* Vous étiez bien généreux de ne point parler aussi des nouveau-nés qui meurent sitôt le jour, des fous, des imbéciles et de toutes personnes qui ne vous semblent point, selon l'expression de Lactance, un bel hymne de Dieu, *pulcher hymnus Dei.* Mais qu'en savez-vous et qu'en savons-nous, monsieur Nicolas Cerise? Vous me prenez pour un de vos lecteurs d'Amsterdam ou de La Haye, de vouloir me faire entendre que l'inintelligible nature est une objection à notre sainte foi chrétienne. La nature, monsieur, n'est à nos yeux qu'une suite d'images incohérentes auxquelles il nous est impossible de trouver une signification, et je vous accorde que, selon elle, et en la suivant à la piste, je ne puis discerner, dans l'enfant qui naît, ni le chrétien, ni l'homme, ni seulement l'individu, et que la chair est un hiéroglyphe parfaitement indéchiffrable. Mais cela n'est rien et nous ne voyons que l'envers de la tapisserie. Ne nous y attachons pas, et sachons que, de ce côté, nous ne pouvons rien connaître. Tournons-nous tout entiers vers l'intelligible qui est l'âme humaine unie à Dieu.

» Vous êtes plaisant, monsieur Nicolas Cerise, avec la nature et la génération. Vous me faites l'effet d'un bourgeois qui croirait avoir surpris les secrets du roi, parce qu'il a vu les peintures qui décorent la salle du conseil. De même que les secrets sont dans les discours du souverain et des ministres, la destinée de l'homme est dans la pensée, qui procède à la fois de la créature et du créateur. Le reste n'est qu'amusement et niaiseries propres à divertir les badauds, dont on voit beaucoup dans les Académies. Ne me parlez pas de la nature, si ce n'est de ce qu'on en voit au *Petit-Bacchus*, dans la personne de Catherine la dentellière, qui est ronde et bien formée.

» Et vous, mon hôte, ajouta M. l'abbé Coignard, donnez-moi à boire, car j'ai la pépie par la faute de M. Nicolas Cerise, qui croit que la nature est athée. Et, par tous les diables, elle l'est et le doit être en quelque manière, monsieur Nicolas Cerise; et si toutefois elle narre la gloire de Dieu, c'est sans connaissance, car il n'est point de connaissance si ce n'est dans l'esprit de l'homme, qui seul procède du fini et de l'infini. A boire! »

Mon père versa un rouge-bord à mon bon maître, M. l'abbé Coignard, et à M. Nicolas Cerise, et il les obligea à trinquer, ce qu'ils firent de bon cœur, car ils étaient honnêtes gens.

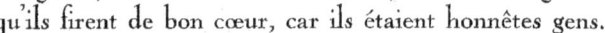

LE NOUVEAU MINISTÈRE

ONSIEUR Shippen, qui exerçait à Greenwich l'état de serrurier, dînait chaque jour, durant son passage à Paris, à la rôtisserie de *la reine Pédauque*, en compagnie de son hôte et de M. l'abbé Jérôme Coignard, mon bon maître. Ce jour-là, au dessert, ayant, selon sa coutume, demandé une bouteille de vin, allumé sa pipe et tiré de sa poche *la Gazette de Londres*, il se mit à fumer, à boire et à lire avec tranquillité. Puis, repliant sa gazette et posant sa pipe sur le bord de la table :

— Messieurs, dit-il, le ministère est renversé.

— Oh! dit mon bon maître, ce n'est pas une affaire de conséquence.

— Pardonnez-moi, répondit M. Shippen, c'est une affaire de conséquence, car le précédent ministère étant tory, le nouveau sera whig, et d'ailleurs tout ce qui se fait en Angleterre est considérable.

— Monsieur, répondit mon bon maître, nous avons vu en France des changements plus grands que celui-là. Nous avons vu les quatre charges de secrétaire d'État remplacées par six ou sept conseils de dix membres chacun et MM. les secrétaires d'État coupés en dix morceaux, puis rétablis dans leur forme première. A chacun de ces changements les uns juraient que tout était perdu, les autres que tout était sauvé. Et l'on en fit des chansons. Pour ma part je prends peu d'intérêt à ce qui se fait dans le cabinet du prince, observant que le train de vie n'en est pas changé, qu'après les réformes les hommes sont, comme devant, égoïstes, avares, lâches et cruels, tour à tour stupides et furieux, et qu'il s'y trouve toujours un nombre à peu près égal de nouveau-nés, de mariés, de cocus et de pendus, en quoi se manifeste le bel ordre de la société. Cet ordre est stable, monsieur, et rien ne saurait le troubler, car il est fondé sur la misère et l'imbécillité humaine, et ce sont là des assises qui ne manqueront jamais. Tout l'édifice en acquiert une solidité qui défie l'effort des plus mauvais princes et de cette foule ignare de magistrats, dont ils sont assistés.

Mon père, qui, la lardoire à la main, écoutait ce discours, y fit avec une fermeté déférente cet amendement, qu'il peut se trouver de bons ministres et qu'il se rappelait notamment l'un d'eux, récemment décédé, comme l'auteur d'une ordonnance très sage protégeant les rôtisseurs contre l'ambition dévorante des bouchers et des pâtissiers.

— Il se peut, monsieur Tournebroche, reprit mon bon maître, et c'est une affaire à examiner avec les pâtissiers. Mais ce qu'il importe de considérer, c'est que les empires subsistent, non par la sagesse de quelques secrétaires d'Etat, mais par le besoin de plusieurs millions d'hommes qui, pour vivre, travaillent à toutes sortes d'arts bas et ignobles, tels que l'industrie, le commerce, l'agriculture, la guerre et la navigation. Ces misères privées forment ce qu'on appelle la grandeur des peuples, et le prince ni les ministres n'y ont point de part.

— Vous vous trompez, monsieur, dit l'Anglais, les ministres y ont une part en faisant des lois dont une seule peut enrichir ou ruiner la nation.

— Oh! pour cela, répondit l'abbé, c'est une chance à courir. Comme les affaires d'un Etat sont d'une étendue que l'esprit d'un homme n'embrasse point, il faut pardonner aux ministres d'y travailler aveuglément, ne garder aucun ressentiment du mal ou du bien qu'ils ont fait, et concevoir qu'ils agissaient comme à Colin-Maillard. Au reste, ce mal et ce bien nous sembleraient petits à les estimer sans superstition, et je doute, monsieur, qu'une loi ou ordonnance puisse avoir l'effet que vous dites. J'en juge par les filles de joie, qui sont à elles seules, en une année, l'objet de plus d'édits qu'il ne s'en rend dans un siècle pour tous les autres corps du royaume et qui n'en exercent pas moins leur négoce avec une exactitude qui tient des forces naturelles. Elles se rient des candides noirceurs qu'un magistrat du nom de Nicodème médite à leur endroit, et se moquent du maire Baiselance (1), qui a formé pour leur ruine, avec plusieurs fiscaux et procureurs, une ligue impuissante. Je puis vous dire que Catherine la dentellière ignore jusqu'au nom de ce Baiselance et qu'elle l'ignorera jusqu'à sa fin, qui sera chrétienne, du moins je l'espère. Et j'en induis que toutes les lois dont un ministre gonfle son portefeuille, sont de vaines paperasses qui ne peuvent ni nous faire vivre, ni nous empêcher de vivre.

1. M. Baiselance ou Baisselance vient beaucoup après Montaigne comme maire de Bordeaux. (*Note de l'éditeur.*)

— Monsieur Coignard, dit le serrurier de Greenwich, on voit bien, par la bassesse de votre langage, que vous êtes façonné à la servitude. Vous parleriez autrement des ministres et des lois si vous aviez le bonheur de jouir, comme moi, d'un gouvernement libre.

— M. Shippen, dit l'abbé, la liberté vraie est celle d'une âme affranchie des vanités de ce monde. Quant aux libertés publiques, je m'en moque comme d'une guigne. Ce sont là des illusions dont on amuse la vanité des ignorants.

— Vous me confirmez, dit M. Shippen, dans cette idée que les Français sont des singes.

— Permettez! s'écria mon père en agitant sa lardoire, il se trouve aussi parmi eux des lions.

— Il n'y manque donc que des citoyens, reprit M. Shippen. Tout le monde, dans le jardin des Tuileries, y dispute des affaires publiques, sans qu'il sorte jamais de ces querelles une idée raisonnable. Votre peuple n'est qu'une ménagerie turbulente.

— Monsieur, dit mon bon maître, il est vrai que les sociétés humaines, quand elles atteignent un degré de politesse, deviennent des manières de ménageries, et que le progrès des mœurs est de vivre en cage, au lieu d'errer misérablement dans les bois. Et cet état est commun à tous les pays d'Europe.

— Monsieur, dit le serrurier de Greenwich, l'Angleterre n'est pas une ménagerie, car elle a un Parlement, dont ses ministres dépendent.

— Monsieur, dit l'abbé, il se pourra faire qu'un jour la France ait aussi des ministres soumis à un Parlement. Mieux encore. Le temps apporte beaucoup de changements aux constitutions des empires, et l'on peut imaginer que la France adopte, dans un siècle ou deux, le gouvernement populaire. Mais, monsieur, les secrétaires d'État, qui sont peu de chose aujourd'hui, ne seront plus rien alors. Car au lieu de dépendre du monarque, dont ils tiennent la puissance et la durée, ils seront soumis à l'opinion du peuple et participeront de son instabilité. Il est à remarquer que les ministres n'exercent le pouvoir avec quelque force que dans les monarchies absolues, comme il se voit par les exemples de Joseph, fils de Jacob, ministre de Pharaon, et d'Aman, ministre d'Assuérus, qui eurent une grande part au gouvernement, le premier en Égypte et le second chez les Persans. Il fallut l'occasion d'une royauté forte et d'un roi faible pour armer en France le bras d'un Richelieu. Dans l'état populaire les ministres deviendront si débiles que leur méchanceté même et leur sottise ne causeront plus de mal.

« Ils ne recevront des états généraux qu'une autorité incertaine et précaire; ne pouvant se permettre de longs espoirs ni de vastes pensers, ils useront en expédients misérables leur éphémère existence. Ils jauniront dans le triste effort de lire sur les cinq cents visages d'une assemblée des ordres pour agir. Cherchant en vain leur propre pensée dans la pensée d'une foule d'hommes ignorants et divisés, ils languiront en une impuissance inquiète. Ils se déshabitueront de rien préparer ni de rien prévoir, et ne s'étudieront plus qu'à l'intrigue et au mensonge. Ils tomberont de si bas que leur chute ne leur fera point de mal, et leurs noms, charbonnés sur les murs par les petits grimauds d'école, feront rire les bourgeois.

— À ce discours, M. Shippen haussa les épaules.

— C'est possible, dit-il; et je vois assez bien les Français dans cet état.

— Oh! dit mon bon maître, en cet état le monde ira son train. Il faudra manger. C'est la grande nécessité qui engendre toutes les autres.

M. Shippen dit en secouant sa pipe.

— En attendant, on nous promet un ministre qui favorisera les agriculteurs, mais qui ruinera le commerce si on le laisse faire. C'est à moi d'y prendre garde, puisque je suis serrurier à Greenwich. J'assemblerai les serruriers et je les haranguerai.

Il mit sa pipe dans sa poche et sortit sans nous donner le bonsoir.

LE NOUVEAU MINISTÈRE (Suite et Fin)

 PRÈS le souper, comme la soirée était belle, M. l'abbé Jérôme Coignard fit quelques pas dans la rue Saint-Jacques où s'allumaient les lanternes, et j'eus l'honneur de l'accompagner. Il s'arrêta sous le porche de Saint-Benoît-le-Bétourné, et me montrant de sa belle main grasse, faite pour les démonstrations scolastiques aussi bien que pour les caresses délicates, l'un des bancs de pierre rangés des deux côtés sous des statues très gothiques accompagnées de barbouillages obscènes :

— Tournebroche, mon fils, me dit-il, si vous m'en croyez, nous prendrons le frais un moment sur ces vieilles pierres luisantes, où tant de gueux sont venus, avant nous, reposer leurs misères. Il se peut que deux ou trois de ces innombrables malheureux y aient échangé entre eux des propos excellents. Nous risquerons d'y attraper des puces. Mais étant, mon fils, dans l'âge des amours, vous croirez que ce sont celles de Jeannette la vielleuse ou de Catherine la dentellière, qui ont coutume d'y amener leurs galants à la brune, et leur piqûre vous sera douce. C'est une illusion permise à votre jeunesse. Pour moi, qui ai passé l'âge des charmantes erreurs, je me dirai qu'il ne faut pas trop accorder aux délicatesses de la chair et que le philosophe ne doit pas s'inquiéter des puces, qui sont, comme le reste de l'univers, un grand mystère de Dieu.

Ce disant, il s'assit en prenant soin de ne point déranger un petit Savoyard et sa marmotte qui dormaient leur sommeil innocent sur le vieux banc de pierre. Je pris place à son côté. L'entretien qui avait rempli le dîner de midi me revenant à l'esprit :

— Monsieur l'abbé, demandai-je à ce bon maître, vous parliez tantôt des ministres. Ceux du roi n'imposaient à votre esprit ni par leur habit et leur carrosse, ni par leur génie, et vous les jugiez avec la liberté d'une âme que rien n'étonne. Puis, considérant le sort de ces officiers dans l'état populaire (s'il venait jamais à s'établir), vous nous les représentiez misérables à l'excès, et moins dignes de louanges que de pitié. Seriez-vous contraire aux gouvernements libres, renouvelés des républiques de l'antiquité?

— Mon fils, répondit mon bon maître, je suis de moi-même enclin à aimer le gouvernement populaire. L'humilité de ma condition m'y porte, et les Saintes Écritures, dont j'ai fait quelque étude, m'affermissent dans cette préférence, car le Seigneur a dit dans Ramatha : « Les anciens d'Israël veulent un roi afin que je ne règne point sur eux. Or, voici quel sera le droit du roi qui vous gouvernera. Il prendra vos enfants pour conduire ses chariots, et il les fera courir devant son char. Il fera de vos filles ses parfumeuses, ses cuisinières et ses boulangères. *Filias quoque vestras faciet sibi unguentarias et focarias et panificas.* » Cela est dit expressément au livre des Rois, où l'on voit encore que le monarque apporte à ses sujets deux présents funestes, la guerre et la dîme. Et s'il est vrai que les monarchies sont d'institution divine, il est également vrai qu'elles présentent tous les caractères de l'imbécillité et de la méchanceté humaines. Il est croyable que le ciel les a données aux peuples pour leur châtiment : *Et tribuit eis petitionem eorum.*

> Souvent dans sa colère, il reçoit nos victimes ;
> Ses présents sont souvent la peine de nos crimes.

» Je pourrais, mon fils, vous rapporter plusieurs beaux endroits des auteurs anciens où la haine de la tyrannie est rendue avec une admirable vigueur. Enfin, je crois avoir toujours montré quelque force d'âme en méprisant les grandeurs de chair et j'ai, tout autant que le janséniste Blaise Pascal, le dégoût des trognes à épée.

» Toutes ces raisons parlent dans mon cœur et dans mon esprit pour le gouvernement populaire.

» J'en ai fait le sujet de méditations que je mettrai quelque jour par écrit dans un ouvrage de ce genre dont on dit qu'il faut casser l'os pour trouver la moelle ; je veux vous faire entendre que je composerai un nouvel *Eloge de la folie*, qui semblera frivole à la frivolité, mais où les sages reconnaîtront la sagesse prudemment cachée sous la marotte et le bonnet vert. Bref, je serai un autre Erasme ; j'instruirai, à son exemple, les peuples par un docte et judicieux badinage. Et vous trouverez, mon fils, dans un chapitre de ce traité, tous les éclaircissements au sujet qui vous intéresse; vous y connaîtrez la condition des ministres placés dans la dépendance des états ou assemblées populaires. »

— Ah! monsieur l'abbé, m'écriai-je, combien j'ai hâte de lire ce livre! Quand pensez-vous qu'il sera écrit?

— Je ne sais, répondit mon bon maître. Et, à vrai dire, je crois que je ne l'écrirai jamais. Les desseins que forment les hommes sont souvent traversés. Nous ne disposons pas de la moindre parcelle de l'avenir, et cette incertitude, commune à toute la race d'Adam, est chez moi portée à l'extrême par un long enchaînement d'infortunes. C'est pourquoi, mon fils, je désespère de pouvoir jamais composer cette facétie respectable.

» Sans vous faire sur ce banc un traité politique, je vous dirai du moins comment j'eus l'idée d'introduire dans mon livre imaginaire un chapitre où paraîtraient la faiblesse et la malice des serviteurs que prendra le bonhomme Démos, quand il sera le maître, s'il le devient jamais, ce dont je ne décide point : car je ne me mêle pas de prophétiser, laissant ce soin aux pucelles, qui vaticinent à l'exemple des sibylles telles que la Cumane, la Persique et la Tiburtine, *quarum insigne virginitas est et virginitatis præmium divinatio.*

» Venons-en donc à notre sujet.

» Il y a de cela vingt ans environ, j'habitais la plaisante ville de Séez, où j'étais bibliothécaire de M. l'Evêque. Des comédiens errants, qui passaient d'aventure, jouèrent, dans une grange, une tragédie assez bonne. J'y allai et vis paraître un empereur romain dont la perruque était ornée de plus de lauriers qu'un jambon de la foire Saint-Laurent. Il s'assit dans un fauteuil de chanoine; ses deux ministres, en habit de cour, avec leurs grands cordons, prirent place à ses côtés sur des tabourets; et tous trois formèrent le Conseil d'Etat sur les quinquets qui puaient excessivement. Dans la suite des délibérations, l'un des conseillers traça un portrait satirique des consuls aux derniers temps de la République. Il les montrait impatients d'user et d'abuser de leur puissance passagère, ennemis du bien public, jaloux de leurs successeurs, en qui ils étaient seulement assurés de trouver les complices de leurs rapines et de leurs concussions. Voici comme il parlait :

> Ces petits souverains qu'on fait pour une année,
> Voyant d'un temps si court leur puissance bornée,
> Des plus heureux desseins font avorter le fruit,
> De peur de le laisser à celui qui les suit.
> Comme ils ont peu de part aux biens dont ils ordonnent,
> Dans le champ du public largement ils moissonnent,
> Assurés que chacun leur pardonne aisément,
> Espérant à son tour un pareil traitement.

» Or, mon fils, ces vers qui, par l'exactitude sentencieuse, rappellent les quatrains de Pibrac, sont plus excellents, pour le sens, que le reste de la tragédie, qui sent un peu trop les frivolités pompeuses de la Fronde des princes et qui est toute gâtée par les galanteries héroïques d'une manière de duchesse de Longueville, qui y paraît sous le nom d'Emilie. J'ai pris soin de les retenir afin de les méditer. Car on trouve de belles maximes, même dans des ouvrages de théâtre.

» Ce que le poète dit en ces huit vers des consuls de la République romaine s'applique également aux ministres des démocraties, dont le pouvoir est précaire.

» Ils sont faibles, mon fils, parce qu'ils dépendent d'une assemblée populaire incapable également des vues grandes et profondes d'un politique et de l'imbécillité d'un roi fainéant. Les ministres ne sont grands que s'ils secondent, comme Sully, un prince intelligent, ou s'ils tiennent, comme Richelieu, la place du monarque. Et qui ne sent que le Démos n'aura ni la prudence obstinée d'un Henri IV, ni l'inertie favorable d'un Louis XIII? A supposer qu'il sache ce qu'il veut, il ne saura ni comment sa volonté doit être faite ni seulement si elle est faisable. Commandant mal, il sera mal obéi et se croira toujours trahi. Les députés qu'il enverra à ses Etats Généraux entretiendront par d'ingénieux mensonges ses illusions jusqu'au moment de tomber sous ses soupçons injustes ou légitimes. Ces Etats procéderont de la médiocrité confuse des foules dont ils seront issus. Ils rouleront d'obscures et multiples pensées. Ils donneront pour tâche aux chefs du gouvernement d'exécuter des volontés vagues dont ils n'auront pas eux-mêmes conscience, et leurs ministres, moins heureux que l'OEdipe de la fable, seront dévorés tour à tour par le Sphinx aux cent têtes, pour n'avoir pas deviné l'énigme dont le Sphinx lui-même ignorait le mot.

» Leur plus grande misère sera de se résigner à l'impuissance, et de parler au lieu d'agir. Ils deviendront des rhéteurs, et de très mauvais rhéteurs, car le talent, apportant avec lui quelque clarté, les perdrait. Ils devront s'étudier à parler pour ne rien dire, et les moins sots d'entre eux seront condamnés à mentir plus que les autres. En sorte que les plus intelligents deviendront les plus méprisables. Et s'il s'en trouve encore d'assez habiles pour conclure des traités, régler les finances et pourvoir aux affaires, leurs connaissances ne leur serviront de rien, car le temps leur manquera, et le temps est l'étoffe des grandes entreprises.

» Cette condition humiliante découragera les bons et donnera de l'ambition aux mauvais. De toutes parts, les incapacités ambitieuses s'élèveront du fond des bourgades aux premiers emplois de l'Etat, et comme la probité n'est pas naturelle à l'homme, mais qu'elle doit y être cultivée par de longs soins et par des artifices continus, on verra des nuées de concussionnaires s'abattre sur le trésor public. Le mal sera beaucoup accru par l'éclat du scandale, puisqu'il est difficile de rien cacher dans le gouvernement populaire, et, par la faute de plusieurs, tous deviendront suspects.

» Je n'en conclus point, mon fils, que les peuples seront alors plus malheureux qu'ils ne sont aujourd'hui. Je vous ai fait assez entendre dans nos précédents entretiens que je ne crois pas que le sort de la nation dépende du prince et de ses ministres, et que c'est accorder trop de vertu aux lois que d'en faire les sources de la prospérité ou de la misère publiques. Néanmoins la multitude des lois est funeste, et je crains encore que les Etats Généraux n'abusent de leur faculté législatrice.

» C'est le péché mignon de Colin et de Jeannot de faire des ordonnances en gardant leurs moutons et de dire : « Si j'étais roi !... » Quand Jeannot sera roi, il promulguera plus d'édits en un an que n'en colligea dans tout son règne l'empereur Justinien. C'est par cet endroit encore que le règne de Jeannot me semble redoutable. Mais celui des rois et des empereurs fut généralement si mauvais qu'on n'en peut craindre un pire, et Jeannot ne fera pas beaucoup plus de sottises, sans doute, ni de méchancetés que tous ces princes ceints de la double ou triple couronne qui depuis le déluge couvrent le monde de sang et de ruines.

» Son incapacité même et sa turbulence auront cela d'excellent, qu'elles rendront impossibles ces savantes correspondances d'Etat à Etat, qu'on nomme diplomatiques; et qui n'aboutissent qu'à allumer artistement des guerres inutiles et désastreuses.

» Les ministres du bonhomme Démos, sans cesse talonnés, bousculés, humiliés, bourrés, culbutés et plus assaillis de pommes cuites et d'œufs durs que le pire arlequin du théâtre de la foire, n'auront point de loisirs pour préparer poliment dans la paix et le secret du cabinet, sur le tapis vert, des carnages, en considération de ce qu'on appelle l'équilibre européen et qui n'est que la fortune des diplomates.

» Il n'y aura plus de politique étrangère et ce sera un grand bonheur pour la malheureuse humanité. »

A ces mots, mon bon maître se leva et reprit de la sorte:

— Il est temps de rentrer, mon fils, car je sens le serein me pénétrer par le défaut de mes habits, qui sont percés en divers endroits. Aussi bien, à demeurer plus longtemps sous ce porche, nous risquerions d'effaroucher les galants de Catherine et de Jeannette qui attendent ici l'heure du berger.

MM. LES ÉCHEVINS

E soir-là nous allâmes, mon maître et moi, sous la tonnelle du *Petit-Bacchus*, où nous trouvâmes Catherine la dentellière, le coutelier boiteux et le père qui m'engendra. Ils étaient assis tous trois à la même table devant un pot de vin dont ils avaient pris assez pour être plaisants et sociables.

On venait d'élire dans les formes deux échevins sur quatre, et mon père en discourait selon son état et son génie.

— Le malheur, disait-il, est que les échevins sont gens de robe et non point rôtisseurs et qu'ils tiennent leur magistrature du roi et non des marchands, notamment de la corporation des rôtisseurs parisiens dont je suis porte-bannière. S'ils étaient de mon choix, ils aboliraient la dîme et la gabelle et nous serions tous heureux. A moins que le monde ne marche à reculons comme les écrevisses, un jour viendra où les échevins seront élus par les marchands.

— N'en doutez point, dit M. l'abbé Coignard, les échevins seront élus un jour par les patrons et par les apprentis.

— Prenez garde à ce que vous dites là, monsieur l'abbé, répliqua mon père, inquiet et fronçant les sourcils. Quand les apprentis se mêleront de nommer les échevins, tout sera perdu. Du temps que j'étais apprenti, je ne songeais qu'à mettre à mal le bien et la femme de mon patron. Mais depuis que j'ai une boutique et une femme, j'entends les intérêts publics, qui sont liés aux miens.

Lesturgeon, notre hôte, apporta un pot de vin. C'était un petit homme roux, agile et rude.

— Vous parlez des nouveaux échevins, dit-il, les poings sur les hanches. Je souhaite seulement qu'ils en sachent autant que les anciens, qui pourtant n'étaient pas bien connaisseurs de l'intérêt public. Mais ils commençaient d'apprendre leur état. Vous savez, maître Léonard (il parlait à mon père), que l'école où les enfants de la rue Saint-Jacques vont apprendre leur Croix-de-Dieu est bâtie de bois et qu'il suffirait d'un fusil et d'un copeau pour la faire flamber comme un vrai feu de la Saint-Jean. J'en avisai messieurs de l'Hôtel de Ville. Ma lettre ne péchait pas par le style, car je l'avais fait écrire, pour six blancs, à un secrétaire qui tient échoppe sous le Val-de-Grâce. J'y représentais à MM. les échevins que tous les petits gars du quartier étaient en danger quotidien de griller comme des andouilles, ce qui était à considérer, eu égard à la sensibilité des mères. M. l'échevin qui s'occupe des écoles me répondit poliment, au bout d'un an, que le danger que couraient les petits gars de la rue Saint-Jacques éveillait toute sa sollicitude, et qu'il était jaloux de le conjurer; qu'en conséquence, il envoyait aux écoliers ci-dessus désignés une pompe à incendie. « Le roi, ajoutait-il, ayant, dans sa bonté, construit une fontaine en commémoration de ses victoires à deux cents pas de l'école, l'eau ne saurait manquer, et les enfants apprendront en peu de jours à manier la pompe que la Ville consent à leur octroyer. » En lisant cette lettre, je sautai au plafond. Et, retournant au Val-de-Grâce, je dictai au secrétaire une réponse qui était tournée comme ceci :

« Monseigneur l'Edile, Monseigneur, il y a dans la maison d'école de la rue Saint-Jacques deux cents marmots dont le plus ancien est âgé de sept ans. Voilà de beaux pompiers, Monseigneur, pour faire jouer votre pompe! Reprenez-la et faites bâtir une maison d'école en pierre et moellon. »

» Cette lettre, comme la première, me coûta six blancs, avec le cachet. Mais je ne perdis point mon argent, car je reçus, après vingt mois, une réponse par laquelle M. l'échevin m'assurait que les marmots de la rue Saint-Jacques étaient dignes de la sollicitude de l'échevinage parisien, qui aviserait à leur sûreté. J'en suis là. Si mon échevin quitte la place, il me faudra tout recommencer et payer encore douze blancs au secrétaire du Val-de-Grâce. C'est pourquoi, maître Léonard, bien que persuadé qu'il se trouve à la maison de ville des figures qui seraient mieux placées à la foire, pour y faire Jocrisse, je n'ai guère envie d'y voir entrer de nouveaux visages et je tiens à garder l'échevin à la pompe.

— Moi, dit Catherine, c'est au lieutenant-criminel que j'en veux. Il laisse Jeannette la vielleuse rôder chaque jour, entre chien et loup, sous le porche de Saint-Benoît-le-Bétourné. C'est une honte. Elle va par les rues en marmotte et traîne des jupes salies dans tous les ruisseaux. On devrait réserver les lieux publics aux filles assez bien nippées pour s'y montrer avec honneur.

— Oh! dit le coutelier boiteux, j'estime que le trottoir est à tout le monde et j'irai quelque jour, à l'exemple de Lesturgeon, notre hôte, chez le secrétaire du Val-de-Grâce pour qu'il rédige en mon nom une belle supplique en faveur des pauvres colporteurs. Je ne puis pousser ma voiture aux bons endroits sans être tout de suite inquiété par les sergents, et dès qu'un laquais ou deux servantes s'arrêtent à mon étalage, survient un grand coquin noir qui m'ordonne, au nom de la loi, d'aller déballer ma pacotille ailleurs. Tantôt je suis sur le terrain loué par les gens du marché, tantôt je me trouve proche M. Leborgne, coutelier juré. Une autre fois je dois céder la chaussée au carrosse d'un évêque ou d'un prince. Et me voilà endossant le harnais et tirant la bricole, heureux si, profitant de mon embarras, le laquais et les chambrières ne m'ont pas emporté, sans payer, un étui, des ciseaux ou quelque bel eustache de Châtellerault. Je suis las de souffrir la tyrannie; je suis las d'éprouver l'injustice des gens de justice. Je sens un grand besoin de révolte.

— Je connais à ce signe, dit mon bon maître, que vous êtes un coutelier magnanime.

— Je ne suis point magnanime, monsieur l'abbé, reprit modestement le boiteux, je suis vindicatif, et le ressentiment m'a poussé à vendre en secret des chansons contre le roi, ses maîtresses, et ses ministres. J'en garde un assez bel assortiment dans la bâche de ma voiture. Ne me trahissez pas. Celle des douze mirlitons est admirable.

— Je ne vous trahirai pas, répondit mon père; pour moi une bonne chanson vaut un verre de vin et même davantage. Je ne dis rien non plus des couteaux, et je suis aise, bonhomme, que vous vendiez les vôtres; car il faut que tout le monde vive. Mais convenez qu'on ne peut souffrir que les vendeurs ambulants fassent concurrence aux marchands qui ont pris boutique à loyer et payent la taxe. Rien n'est plus contraire à l'ordre de la bonne police. L'audace de ces traîne-misère est inouïe. Jusqu'où irait-elle si on ne la réprimait? L'an passé, un paysan de Montrouge ne venait-il pas arrêter devant la rôtisserie de la *Reine Pédauque* sa charrette pleine de pigeons qu'il vendait tout cuits deux liards et un sou moins cher que je ne vends les miens. Et le rustre criait d'une voix à briser les vitres de ma boutique : « A cinq sous les beaux pigeons! » Je le menaçai vingt fois de ma lardoire. Mais il me répondait stupidement que la rue est à tout le monde. J'en portai plainte à M. le lieutenant-criminel, qui me fit justice en me débarrassant du vilain. Je ne sais ce qu'il est devenu; mais je lui garde rancune du mal qu'il m'a fait; car à voir mes pratiques ordinaires lui acheter ses pigeons par couples, voire par demi-douzaines, je pris une jaunisse dont je restai longtemps mélancolique. Je voudrais qu'on lui mît sur le corps, avec de la glu, autant de plumes qu'il en a tirées aux volatiles qu'il vendait toutes cuites à ma barbe, et qu'ainsi emplumé de la tête aux pieds, il fût conduit par les rues, au cul de sa charrette.

— Maître Léonard, dit le coutelier boiteux, vous êtes dur aux pauvres gens. C'est ainsi qu'on pousse à bout les malheureux.

— Monsieur le coutelier, je vous conseille, dit en riant mon bon maître, de faire faire à Saint-Innocent, par quelque écrivain à gages, une satire de maître Léonard et de la vendre avec vos chansons sur les douze mirlitons du roi Louis. Il conviendrait de blasonner un peu notre ami qui, dans un état quasi servile, aspire non point à la liberté, mais à la tyrannie. Je conclus de tous vos discours, messieurs, que la police des villes est d'un art difficile, qu'il y faut concilier des intérêts opposés et souvent contraires, que le bien public est formé d'un grand nombre de maux particuliers, et qu'enfin il est déjà merveilleux que des gens enfermés dans des murailles ne s'y entre-dévorent pas. C'est un bonheur qu'il faut attribuer à leur poltronnerie. La paix publique est fondée uniquement sur le faible courage des citoyens qui se tiennent en respect les uns les autres par la peur qu'ils se font réciproquement. Et le prince, en inspirant à tous l'épouvante, leur assure l'inestimable bienfait de la paix. Quant à vos échevins, dont le pouvoir est faible, et qui ne sont pas capables de vous nuire ni de vous servir beaucoup, et dont le mérite consiste surtout dans leur grande canne et leur perruque, ne vous plaignez point trop de ce qu'ils soient choisis par le roi et placés, peu s'en faut, depuis le dernier règne, au rang d'officiers de la couronne. Amis du prince, ils sont les ennemis de tous les citoyens indistinctement, et cette inimitié est rendue supportable à chacun par l'égalité parfaite avec laquelle elle se répand sur tous. C'est une pluie dont nous ne recevons, les uns et les autres, que quelques gouttes. Un jour, quand ils seront nommés par le peuple (comme on dit qu'ils le furent aux premiers temps de la monarchie), les échevins auront dans la cité même des amis et des ennemis. Elus par les marchands payant loyer et dîme, ils maltraiteront les colporteurs. Elus par les colporteurs, ils vexeront les marchands. Elus par les artisans, ils seront contraires aux maîtres, qui font travailler les artisans. Ce sera une cause incessante de disputes et de querelles. Ils formeront un conseil tumultueux, où chacun agitera les intérêts et les passions de ses électeurs. Pourtant j'imagine qu'ils ne feront pas regretter nos échevins actuels, qui ne dépendent que du prince. Leur vanité turbulente amusera les citoyens qui s'y contempleront comme dans un miroir grossissant. Ils useront médiocrement d'une médiocre puissance. Sortis de l'état populaire, ils seront aussi incapables de le développer que de le contenir. Les riches s'épouvanteront de leur audace et les misérables accuseront leur timidité, quand il eût fallu seulement reconnaître leur bruyante impuissance. Au reste, capables de tâches communes et administrant le bien public avec cette insuffisance suffisante qu'on atteint toujours et qu'on ne dépasse jamais.

— Ouf! dit mon père. Vous avez bien parlé, monsieur l'abbé. Maintenant, buvez!

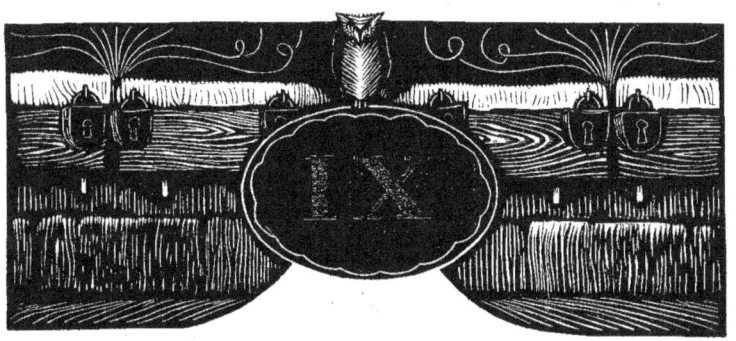

LA SCIENCE

E jour-là nous poussâmes, mon bon maître et moi, jusqu'au Pont-Neuf, dont les demi-lunes étaient couvertes de ces tréteaux sur lesquels les bouquinistes étalent des romans mêlés à des livres de piété. On y trouve pour deux sols l'*Astrée* tout entière et le *Grand Cyrus*, usés et graissés par des lecteurs de province, avec l'*Onguent pour la brûlure* et divers ouvrages des jésuites. Mon bon maître avait coutume de lire en passant quelques pages de ces écrits, dont il ne faisait point emplette, étant démuni d'argent, et gardant raisonnablement pour l'hôte du *Petit-Bacchus* les six blancs qu'il lui advenait, par extraordinaire, de tenir dans la poche de sa culotte. Au reste, il n'était point avide de posséder les biens de ce monde, et les meilleurs ouvrages ne lui faisaient point envie, pourvu qu'il en pût connaître les bons endroits, dont il dissertait ensuite avec une sagesse admirable. Les tréteaux du Pont-Neuf lui plaisaient en cela que les livres y étaient parfumés d'une odeur de friture, par le voisinage des marchandes de beignets; et ce grand homme y respirait en même temps les chères odeurs de la cuisine et de la science.

Chaussant ses lunettes, il examina l'étalage d'un brocanteur avec le contentement d'une âme heureuse à qui tout est gracieux parce que tout se reflète en elle avec grâce.

— Tournebroche, mon fils, me dit-il, il se trouve sur l'étal de ce bonhomme des livres fabriqués alors que l'imprimerie était encore, autant dire, dans les langes; et ces livres se ressentent de la rudesse de nos aïeux. J'y rencontre une chronique barbare de Monstrelet, auteur qu'on a dit plus baveux qu'un pot de moutarde, et deux ou trois vies de sainte Marguerite, que les commères mettaient jadis en compresse sur leur ventre dans les douleurs de l'enfantement. Il serait inconcevable que les hommes eussent été si sots que d'écrire et de lire de pareilles inepties, si notre sainte religion ne nous enseignait qu'ils naissent avec un germe d'imbécillité. Et, comme les lumières de la foi ne m'ont jamais fait défaut, non point même, par bonheur, dans les erreurs du lit et de la table, je conçois mieux leur stupidité passée que leur intelligence présente, qui, pour tout dire, me semble illusoire et décevante, telle qu'elle semblera aux générations futures, car l'homme est, par essence, une sotte bête et les progrès de son esprit ne sont que les vains effets de son inquiétude. C'est pour cette raison, mon fils, que je me défie de ce qu'ils nomment science et philosophie, et qui n'est, à mon sentiment, qu'un abus de représentations et d'images fallacieuses, et, dans un certain sens, l'avantage du malin Esprit sur les âmes. Vous entendez bien que je suis très éloigné de croire à toutes les diableries dont s'effraie la créance populaire. J'estime, avec les Pères, que la tentation est en nous, et que nous sommes à nous-mêmes nos démons et nos maléfices. Mais j'en veux à M. Descartes et à tous les philosophes qui, sur son exemple, ont cherché dans la connaissance de la nature une règle de vie et un principe de conduite. Car enfin, Tournebroche, mon fils, qu'est-ce que la connaissance de la nature, sinon la fantaisie de nos sens? Et qu'est-ce qu'y ajoute, je vous prie, la science, avec les savants depuis Gassendi, qui n'était point un âne, et Descartes et ses disciples, jusqu'à ce joli sot de M. de Fontenelle? Des besicles, mon fils, des besicles, comme celles qui chaussent mon nez. Tous les microscopes et lunettes d'approche dont on fait vanité, qu'est-ce, en réalité, que des besicles plus nettes que j'achetai l'an passé à l'opticien de la foire Saint-Laurent et dont le verre de l'œil gauche, qui est celui dont je vois le mieux, s'est malheureusement fendu cet hiver d'un tabouret que me jeta à la tête le coutelier boiteux, qui croyait que j'embrassais Catherine la dentellière, car c'est un homme grossier et tout à fait offusqué par les impressions du désir charnel? Oui, Tournebroche, mon fils, que sont ces instruments dont les savants et les curieux emplissent leurs galeries et leurs cabinets? Que sont les lunettes, astrolabes, boussoles, sinon des moyens d'aider les sens dans leurs illusions et de multiplier l'ignorance fatale où nous sommes de la nature, en multipliant nos rapports avec elle? Les plus doctes d'entre nous diffèrent uniquement des ignorants par la faculté qu'ils acquièrent de s'amuser à des erreurs multiples et compliquées. Ils voient l'univers dans une topaze taillée à facettes au lieu de le voir, comme madame votre mère par exemple, avec l'œil tout nu que le bon Dieu lui a donné. Mais ils ne changent point d'œil en s'armant de lunettes; ils ne changent point de dimensions en usant d'appareils propres à mesurer l'espace; ils ne changent pas de poids en employant des balances très sensibles;

ils découvrent des apparences nouvelles et sont par là le jouet de nouvelles illusions. Voilà tout! Si je n'étais pas persuadé, mon fils, des saintes vérités de notre religion, il ne me resterait, par cette persuasion où je suis que toute connaissance humaine n'est qu'un progrès dans la fantasmagorie, qu'à me jeter de ce parapet dans la Seine, qui vit d'autres noyés, depuis le temps qu'elle coule, ou d'aller demander à Catherine cette espèce d'oubli des maux de ce monde qu'on trouve dans ses bras et qu'il est indécent de chercher dans ma condition et surtout à mon âge. Je ne saurais que croire, au milieu des appareils dont les mensonges puissants grandiraient démesurément les mensonges de ma vue, et je serais un académicien tout à fait misérable.

Mon bon maître parlait de la sorte devant la première demi-lune de gauche, à compter de la rue Dauphine, et il commençait d'effrayer le marchand qui le prenait pour un exorciste. Tout à coup, saisissant une vieille géométrie ornée d'assez méchantes figures de Sébastien Leclerc (1).

— Peut-être, reprit-il, au lieu de me noyer dans l'amour ou dans l'eau, si je n'étais chrétien et catholique, prendrais-je le parti de me jeter dans la mathématique, où l'esprit trouve des aliments dont il est le plus avide, à savoir : la suite et la continuité. Et j'avoue que ce petit livre, tout commun qu'il est, me donne quelque estime du génie de l'homme.

A ces mots, il ouvrit si largement le traité de Sébastien Leclerc, à l'endroit des triangles, qu'il faillit le rompre net. Mais bientôt il le rejeta avec dégoût.

— Hélas! murmura-t-il, les nombres dépendent du temps, les lignes, de l'espace, et ce sont là encore des illusions humaines. En dehors de l'homme, il n'y a ni mathématique, ni géométrie, et c'est en

1. La géométrie dont parle Jacques Tournebroche est ornée de figures de Sébastien Leclerc dont j'admire au contraire la précise élégance et la fine exactitude. Mais il faut souffrir la contradiction. (*Note de l'éditeur.*)

définitive une connaissance qui ne nous fait pas sortir de nous-mêmes, bien qu'elle affecte un air d'indépendance assez magnifique.

Ayant dit, il tourna le dos au bouquiniste soulagé, et respira largement.

— Ah! Tournebroche, mon fils! reprit-il. Tu me vois souffrant d'un mal que je me suis donné et brûlé par la tunique ardente dont j'ai pris soin moi-même de me vêtir et de me parer.

Il parlait de la sorte par image, étant vêtu, en réalité, d'une méchante souquenille qui ne tenait plus que par deux ou trois boutons. Encore n'étaient-ils pas engagés dans les boutonnières correspondantes; et c'était, comme il avait coutume de dire en riant, quand on l'en avisait, un ajustement adultère, image des mœurs dans les cités.

Il parlait avec chaleur :

— Je hais la science, disait-il, pour l'avoir trop aimée, à la façon des voluptueux qui reprochent aux femmes de n'avoir pas égalé le rêve qu'ils se faisaient d'elles. J'ai voulu tout connaître et je souffre aujourd'hui de ma coupable folie. Heureuses, ajouta-t-il, oh! bien heureuses ces bonnes gens assemblées autour de ce vendeur d'orviétan!

Et il montra de la main les laquais, les chambrières et les forts du port Saint-Nicolas, formant un cercle autour d'un opérateur qui donnait la parade avec son valet.

— Vois, Tournebroche, me dit-il, ils rient de bon cœur quand le drôle donne un coup de pied au cul de cet autre drôle. Et c'est en effet un spectacle plaisant, qui est tout gâté pour moi par la réflexion, car lorsqu'on recherche l'essence de ce pied et du reste, on ne rit plus. J'aurais dû, étant chrétien, concevoir plus tôt tout ce qu'il y a de malignité dans cette maxime d'un païen : « Heureux qui put connaître les causes! » j'aurais dû m'enfermer dans la sainte ignorance comme dans un verger clos, et rester semblable aux petits enfants. Je me serais amusé, non point, à vrai dire, des jeux grossiers de ce

Mondor (le Molière du Pont-Neuf aurait peu d'attrait pour moi, quand l'autre me semble déjà trop scurrile) (1) mais, je me serais amusé des herbes de mon jardin, et j'aurais loué Dieu dans les fleurs et les fruits de mes pommiers. Une curiosité immodérée m'a entraîné, mon fils; j'ai perdu, dans la conversation des livres et des savants, la paix du cœur, la sainte simplicité, et cette pureté des humbles d'autant plus admirable qu'elle ne s'altère ni au cabaret ni dans les bouges, comme il se voit par l'exemple du coutelier boiteux, et, si j'ose le dire, par celui de votre rôtisseur de père, qui garde beaucoup d'innocence, encore qu'ivrogne et débauché. Mais il n'en va pas de même de celui qui a étudié dans les livres. Il lui en reste à jamais une fière amertume et une tristesse superbe.

Comme il parlait de la sorte, la voix lui fut coupée par un roulement de tambours...

1. C'est un ecclésiastique qui parle. (*Note de l'éditeur.*)

L'ARMÉE

ONC, étant sur le Pont-Neuf, nous entendîmes un roulement de tambours. C'était le ban d'un sergent recruteur, qui, le poing à la hanche, se carrait sur le terre-plein, en avant d'une douzaine de soldats portant des pains et des saucisses enfilés à la baïonnette de leurs fusils. Un cercle de gueux et de marmots le regardait bouche bée.

Il releva sa moustache et fit sa proclamation.

— N'y tendons point l'oreille, me dit mon bon maître. Ce serait perdre son temps. Ce sergent parle au nom du roi; il ne saurait parler avec génie. S'il vous plaît d'entendre un discours ingénieux

sur le même sujet, vous entrerez dans quelqu'un de ces *fours* du quai de la Ferraille où les racoleurs enrôlent les laquais et les rustres. Ces racoleurs, étant des fripons, sont tenus d'être éloquents. Il me souvient d'avoir, en ma jeunesse, au temps du feu roi, ouï la plus merveilleuse harangue de la bouche d'un de ces marchands d'hommes, qui tenait boutique dans la Vallée-de-Misère, que vous voyez d'ici, mon fils. Racolant des hommes pour les colonies : « Jeunes gens qui
« m'entourez, leur disait-il, vous n'êtes pas sans avoir entendu
« parler du pays de Cocagne; c'est dans l'Inde qu'il faut aller
« pour trouver ce fortuné pays; c'est là que l'on a tout à gogo.
« Souhaitez-vous de l'or, des perles, des diamants? Les chemins en
« sont pavés; il n'y a qu'à se baisser pour en prendre. Et encore,
« ne vous baisserez-vous point. Les sauvages les ramasseront pour
« vous. Je ne vous parle pas du café, des limons, des grenades,
« des oranges, des ananas et de mille fruits délicieux qui viennent
« sans culture, comme dans le paradis terrestre. Si je m'adressais
« à des femmes ou à des enfants, je pourrais leur vanter toutes ces
« friandises, mais je m'explique devant des hommes. »

« J'omets, mon fils, tout ce qu'il dit de la gloire; mais croyez qu'il égala Démosthène en énergie et Cicéron en abondance.

» L'effet de son discours fut d'envoyer cinq ou six malheureux mourir de la fièvre jaune dans des marécages. Tant il est vrai que l'éloquence est une arme dangereuse et que le génie des arts exerce, pour le mal comme pour le bien, sa puissance irrésistible.

» Remerciez Dieu, Tournebroche, de ce que, ne vous ayant donné de talents d'aucune sorte, il ne vous expose pas à devenir un jour le fléau des peuples.

» On reconnaît les préférés de Dieu, mon fils, à ce qu'ils n'ont point d'esprit, et j'ai éprouvé que l'intelligence assez vive que le Ciel a mise en moi n'était qu'une cause incessante de dangers pour ma paix en ce monde et dans l'autre. Que serait-ce, si le cœur et la pensée d'un César habitaient ma tête et ma poitrine? Mes désirs ne connaîtraient point de sexe et je serais inaccessible à la pitié. J'allumerais au dedans et au dehors des guerres inextinguibles.

» Encore ce grand César avait-il l'âme élégante et une sorte de douceur. Il mourut avec décence sous le poignard de ses assassins vertueux. Jour des Ides de mars, jour à jamais funeste où des brutes sentencieuses détruisirent ce monstre charmant! Je suis digne de pleurer le divin Jules au côté de Vénus, sa mère; et si je l'appelle monstre, c'est par tendresse, car, dans son âme, il ne se trouva rien d'excessif que la puissance. Il avait un naturel sentiment du rythme et de la mesure. Il se plut également, dans sa jeunesse, aux grâces de la débauche et de la grammaire. Il était orateur et sa beauté sans doute ornait la sécheresse volontaire de ses discours. Il aima Cléopâtre avec cette exactitude géométrique qu'il porta dans tous ses desseins. Il mit dans ses écrits et dans ses actions le génie de la clarté. Il fut ami de l'ordre et de la paix jusque dans la guerre, sensible à l'harmonie et si habile constructeur de lois, que nous vivons encore, tout barbares que nous sommes, sous la majesté de son empire, qui a fait le monde tel qu'il est aujourd'hui.

» Vous voyez, mon fils, que je ne lui ménage pas la louange ni l'amour.

» Capitaine, dictateur, souverain pontife, il a pétri l'univers dans ses belles mains.

» Pour moi, j'ai été professeur d'éloquence au collège de Beauvais, secrétaire d'une chanteuse de l'Opéra, bibliothécaire de M. l'évêque de Séez, écrivain public au charnier des Saints-Innocents et précepteur du fils de votre père, à la rôtisserie de la Reine Pédauque; j'ai fait un beau catalogue de manuscrits précieux, j'ai écrit quelques libelles, dont il vaut mieux ne pas parler, et tracé sur du papier à chandelle des maximes dédaignées des libraires.

» Pourtant je ne changerais pas mon existence contre celle de ce grand César. Il en coûterait trop à mon innocence. Et j'aime mieux être un homme obscur, pauvre et méprisé, comme je le suis en effet, que de monter à ce faîte où l'on ouvre à l'univers de nouvelles destinées par des voies sanglantes.

» Ce sergent recruteur, que vous entendez d'ici promettre à ces gueux un sou par jour avec le pain et la viande, m'inspire, mon fils, de profondes réflexions sur la guerre et l'armée. J'ai fait tous les métiers, hors celui de soldat qui m'a toujours inspiré du dégoût et de l'effroi, par les caractères de servitude, de fausse gloire et de cruauté qui y sont attachés, et qui se trouvent les plus contraires à mon naturel pacifique, à mon amour sauvage de la liberté et à mon esprit qui, jugeant sainement de la gloire, estime au juste prix celle de la mousqueterie. Je ne parle pas de mon penchant invincible à la méditation qui eût été trop excessivement contrarié par l'exercice du sabre et du fusil. Ne voulant point être César, vous concevrez que je ne veuille point être non plus La Tulipe ou Brin-d'Amour. Et je ne vous cache pas, mon fils, que le service militaire me paraît la plus effroyable peste des nations policées.

» Ce sentiment est philosophique. Il n'y a donc aucune apparence qu'il soit jamais partagé par un grand nombre de personnes. Et, dans le fait, les rois et les républiques trouveront toujours autant de soldats qu'ils en voudront mettre à leurs parades et à leurs guerres.

» J'ai lu les traités de Machiavel chez M. Blaizot, à *l'Image Sainte-Catherine*, où ils sont tous parfaitement reliés en parchemin. Ils le méritent, mon fils; et, pour ma part, j'estime infiniment le secrétaire florentin qui le premier ôta aux actions des politiques ce fondement de la justice, sur lequel ils n'établirent jamais que des scélératesses honorées. Ce Florentin, qui voyait sa patrie à la merci de ses défenseurs mercenaires, conçut l'idée d'une armée

nationale et patriote. Il a dit en quelque endroit de ses livres qu'il
est juste que tous les citoyens concourent à la sûreté de leur patrie
et soient tous soldats. Je l'ai ouï soutenir pareillement chez M. Blaizot
par M. Roman qui est très zélé, comme vous le savez, pour les droits
de l'Etat. Il n'a souci que du général et de l'universel et ne sera
content qu'au jour où tous les intérêts privés seront sacrifiés à l'intérêt
public. Donc Machiavel et M. Roman veulent que nous soyons
tous soldats, étant tous citoyens. Je ne dirai pas comme eux que
cela est juste. Et je ne dirai pas non plus que cela est injuste,
pour cette raison que le juste et l'injuste sont affaire de raisonnement
et que c'est un sujet dont les sophistes seuls décident.

— Quoi! mon bon maître, m'écriai-je avec une douloureuse
surprise, vous prétendez que la justice dépend des raisons d'un
sophiste, et que nos actions sont justes ou injustes selon les
arguments d'un habile homme. Cette maxime me choque plus que
je ne saurais dire.

— Tournebroche, mon fils, répondit M. l'abbé Coignard,
considérez que je parle de la justice humaine, qui est différente de
la justice de Dieu, et qui y est généralement opposée. Les hommes
n'ont jamais soutenu l'idée du juste et de l'injuste que par l'éloquence,
qui est sujette à embrasser le pour et le contre. Vous voulez
peut-être, mon fils, asseoir la justice sur le sentiment : mais prenez
garde que sur cette assiette vous n'élèverez qu'une masure humble et
domestique, la cabane du vieil Evandre, la chaumière où Philémon
vivait avec Baucis. Mais le palais des lois, la tour des institutions
d'Etat veulent d'autres fondements. La nature ingénue n'en saurait
supporter seule le poids inique; et ces murs redoutables s'élèvent sur
le fondement des mensonges antiques, par l'art subtil et féroce des
légistes, des magistrats et des princes.

» C'est une niaiserie, Tournebroche, mon fils, que de rechercher
si une loi est juste ou injuste, et il en est du service militaire comme

des autres institutions, dont on ne peut dire si elles sont bonnes ou mauvaises en principe, puisqu'il n'y a pas de principe hors Dieu, de qui tout sort. Il faut vous défendre, mon fils, de cette sorte d'esclavage qui est celui des mots et auquel les hommes se soumettent avec le plus de docilité. Sachez donc que le mot de justice n'a aucun sens, si ce n'est en théologie où il est terriblement expressif. Sachez que M. Roman n'est qu'un sophiste quand il vous démontre qu'on doit le service au prince. Pourtant je crois que si le prince ordonne jamais à tous les citoyens de se faire soldats, il sera obéi, je ne dis pas avec docilité, mais avec allégresse. J'ai observé que le métier le plus naturel à l'homme est celui de soldat; c'est celui auquel il est porté le plus facilement par ses instincts et par ses goûts qui ne sont pas tous bons. Et, hors quelques rares exceptions, dont je suis, l'homme peut être défini un animal à mousquet. Donnez-lui un bel uniforme avec l'espérance d'aller se battre; il sera content. Aussi faisons-nous de l'état militaire l'état le plus noble, ce qui est vrai dans un sens, car cet état est le plus ancien, et les premiers humains firent la guerre.

» L'état militaire a cela aussi d'approprié à la nature humaine, qu'on n'y pense jamais, et il est clair que nous ne sommes pas faits pour penser.

» La pensée est une maladie particulière à quelques individus et qui ne se propagerait pas sans amener promptement la fin de l'espèce.

» Les soldats vivent en troupe, et l'homme est un animal sociable. Ils portent des habits bleus et blancs, bleus et rouges, gris et bleus, des rubans, des plumets et des cocardes, qui leur donnent sur les filles l'avantage du coq sur la poule. Ils vont en guerre et à la maraude, et l'homme est naturellement voleur, libidineux, destructeur et sensible à la gloire.

» C'est l'amour de la gloire qui décide surtout nos Français à prendre les armes. Et il est certain que, dans l'opinion, la gloire militaire est la seule éclatante. Il suffit, pour s'en assurer, de lire les histoires.

» La Tulipe semblera excusable de n'être pas plus philosophe que Tite-Live. »

L'ARMÉE

(Suite)

on bon maître poursuivit en ces termes :

— Il faut considérer, mon fils, que les hommes, liés les uns aux autres, dans la suite des temps, par une chaîne dont ils ne voient que peu d'anneaux, attachent l'idée de noblesse à des coutumes dont l'origine fut humble et barbare. Leur ignorance sert leur vanité. Ils fondent leur gloire sur des misères antiques, et la noblesse des armes sort tout entière de cette sauvagerie des premiers âges, dont la Bible et les poètes ont conservé le souvenir. Et qu'est-ce en réalité que cette gentilhommerie militaire, roidie avec tant d'orgueil au-dessus de nous, sinon les restes dégénérés de ces malheureux chasseurs des bois que le poète Lucrèce a peints de telle manière qu'on doute si ce sont des hommes ou des bêtes? Il est admirable, Tournebroche, mon fils, que la guerre et la chasse, dont la seule pensée nous devrait accabler de honte et de remords en nous rappelant les misérables nécessités de notre nature et notre méchanceté invétérée, puissent au contraire servir de matière à la superbe des hommes, que les peuples chrétiens continuent d'honorer le métier de boucher et de bourreau quand il est ancien dans les familles, et qu'enfin on mesure chez les peuples polis l'illustration des citoyens sur la quantité de meurtres et de carnages qu'ils portent pour ainsi dire dans leurs veines.

— Monsieur l'abbé, demandai-je à mon bon maître, ne croyez-vous pas que le métier des armes est tenu pour noble à cause des dangers qu'on y court et du courage qu'il y faut déployer?

— Mon fils, répondit mon bon maître, si vraiment l'état des hommes est noble en proportion du danger qu'on y court, je ne craindrai pas d'affirmer que les paysans et les manouvriers sont les plus nobles hommes de l'État, car ils risquent tous les jours de mourir de fatigue et de faim. Les périls auxquels les soldats et les capitaines s'exposent sont moindres en nombre comme en durée; ils ne sont que de peu d'heures pour toute une vie et consistent à affronter les balles et les boulets qui tuent moins sûrement que la misère. Il faut que les hommes soient légers et vains, mon fils, pour donner aux actions d'un soldat plus de gloire qu'aux travaux d'un laboureur et pour mettre les ruines de la guerre à plus haut prix que les arts de la paix.

— Monsieur l'abbé, demandai-je encore, n'estimez-vous pas que les soldats sont nécessaires à la sûreté de l'État, et que nous devons les honorer en reconnaissance de leur utilité?

— Il est vrai, mon fils, que la guerre est une des nécessités de la nature humaine, et qu'on ne peut s'imaginer des peuples qui ne se battent point, c'est-à-dire qui ne soient ni homicides, ni pillards, ni incendiaires. Vous ne concevez pas non plus un prince qui ne serait que quelque peu usurpateur. On lui en ferait trop de reproche et on l'en mépriserait comme de ne point aimer la gloire. La guerre est donc nécessaire à l'homme; elle lui est plus naturelle que la paix, qui n'en est que l'intervalle. Aussi voit-on les princes jeter leurs armées les unes contre les autres sur le plus mauvais prétexte, pour la raison la plus futile. Ils invoquent leur honneur qui est d'une excessive délicatesse. Il suffit d'un souffle pour y faire une tache qu'on ne peut laver que dans le sang de dix, vingt, trente, cent mille hommes, selon la population de la principauté. Pour peu qu'on y songe, on ne conçoit pas bien comment l'honneur du prince peut être lavé par le sang de ces malheureux, ou plutôt on conçoit que ce ne sont là que des mots vides de sens; mais les hommes se font tuer volontiers pour des mots. Ce qui est encore plus admirable, c'est qu'un prince tire beaucoup d'honneur du vol d'une province et que l'attentat qui serait puni de mort chez un hardi particulier devienne louable s'il est consommé avec la plus furieuse cruauté par un souverain à l'aide de ses mercenaires.

Mon bon maître ayant ainsi parlé, tira sa boîte de sa poche et huma quelques grains de tabac qui y restaient.

— Monsieur l'abbé, lui demandai-je, n'est-il point des guerres justes et faites pour la bonne cause?

— Tournebroche, mon fils, me répondit-il, les peuples polis ont beaucoup outré l'injustice de la guerre, et ils l'ont rendue très inique en même temps que très cruelle. Les premières guerres furent entreprises pour l'établissement des tribus sur des terres fertiles. C'est ainsi que les Israélites conquirent le pays de Chanaan. La faim les poussait. Les progrès de la civilisation ont étendu la guerre à la conquête de colonies et de comptoirs, comme il se voit par l'exemple de l'Espagne, de la Hollande, de l'Angleterre et de la France. Enfin on a vu des rois et des empereurs voler des provinces dont ils n'avaient pas besoin, qu'ils ruinèrent, qu'ils désolèrent sans profit pour eux, et sans autre avantage que d'y élever des pyramides et des arcs de triomphe. Et cet abus de la guerre est le plus odieux, en sorte qu'il faut croire ou que les peuples deviennent de plus en plus méchants par le progrès des arts, ou plutôt que la guerre, étant une nécessité de la nature humaine, on la fait encore pour elle-même quand on a perdu toute raison de la faire.

« Cette considération m'afflige profondément, car je suis porté par état et par inclination à l'amour de mes semblables. Et ce qui achève de m'attrister, Tournebroche, mon fils, c'est que je découvre que ma boîte est vide, et le tabac est l'endroit par lequel je sens le plus impatiemment ma pauvreté. »

Autant pour détourner sa pensée de cette disgrâce intime que pour m'instruire à son école, je lui demandai si la guerre civile ne lui semblait pas la plus détestable espèce de guerre.

— Elle est, me répondit-il, assez odieuse, mais non point très inepte, car les citoyens, lorsqu'ils en viennent aux mains entre eux, ont plus de chances de savoir pourquoi ils se battent que dans le cas où ils vont en guerre contre des peuples étrangers. Les séditions et querelles intestines naissent généralement de l'extrême misère des peuples. Elles sont l'effet du désespoir, et la seule issue qui reste aux misérables, qui y peuvent trouver une vie meilleure et parfois même une part de souveraineté. Mais il est à remarquer, mon fils, que plus les révoltés sont malheureux et partant excusables, moins ils ont de chances de gagner la partie. Affamés et stupides, armés de leur seule fureur, ils sont incapables de grands desseins et de vues prudentes, en sorte que le prince les réduit aisément. Il a plus de difficulté à vaincre la rébellion des grands, qui est détestable, n'ayant pas l'excuse de la nécessité.

« Enfin, mon fils, tant civile qu'étrangère, la guerre est exécrable et d'une malignité que je déteste. »

L'ARMÉE
(Suite et fin)

ON fils, ajouta mon bon maître, je vous ferai paraître tout ensemble, dans l'état de ces pauvres soldats qui vont servir le roi, la honte de l'homme et sa gloire. En effet la guerre nous ramène et nous tire à notre brutalité naturelle; elle est l'effet d'une férocité que nous avons en commun avec les animaux, je ne dis pas seulement les lions et les coqs qui y portent une admirable fierté, mais encore les oiselets, tels que les geais et les mésanges dont les mœurs sont très querelleuses, et même les insectes, guêpes et fourmis, qui se battent avec un acharnement dont les Romains eux-mêmes n'ont pas laissé d'exemple. Les causes principales de la guerre sont les mêmes

chez l'homme et chez l'animal, qui luttent l'un et l'autre, pour prendre ou conserver la proie, ou pour défendre le nid ou la tanière, ou pour jouir d'une compagne. Il n'y a en cela aucune différence, et l'enlèvement des Sabines rappelle parfaitement ces combats de cerfs, qui, la nuit, ensanglantent nos forêts. Nous avons réussi seulement à colorer ces raisons basses et naturelles par les idées d'honneur que nous y répandons sans beaucoup d'exactitude. Si nous croyons aujourd'hui nous battre pour des motifs très nobles, cette noblesse est tout entière logée dans le vague de nos sentiments. Moins le but de la guerre est simple, clair, précis, plus la guerre elle-même est odieuse et détestable. Et, s'il est vrai, mon fils, qu'on en soit venu à s'entre-tuer pour l'honneur, cela est un dérèglement excessif. Nous avons renchéri sur la cruauté des bêtes féroces, qui ne se font point de mal sans raisons sensibles. Et il est vrai de dire que l'homme est plus méchant et plus dénaturé dans ses guerres que les taureaux et que les fourmis dans les leurs. Ce n'est pas tout, et je déteste moins les armées pour la mort qu'elles sèment que pour l'ignorance et la stupidité qui leur font cortège. Il n'est pire ennemi des arts qu'un chef de mercenaires ou de partisans, et d'ordinaire les capitaines ne sont pas mieux formés aux bonnes lettres que leurs soldats. L'habitude d'imposer sa volonté par la force rend un homme de guerre très inhabile à l'éloquence, qui a sa source dans le besoin de persuader. Aussi le militaire affecte-t-il le mépris de la parole et des belles connaissances.

« Il me souvient d'avoir connu à Séez, du temps que j'étais bibliothécaire de M. l'évêque, un vieux capitaine blanchi sous le harnais et qui passait pour vaillant homme, portant fièrement une large balafre qui lui traversait le visage. C'était un bon paillard qui avait tué beaucoup d'hommes et violé plusieurs nonnains, sans y mettre de méchanceté. Il entendait assez bien son art et était fort exact sur la tenue de son régiment, qui défilait mieux qu'aucun autre.

Enfin, un homme de cœur, et brave compagnon quand il s'agissait de vider un pot, comme je le vis bien à l'auberge du *Cheval Blanc* où maintes fois je lui tins tête. Or, il m'arriva, une nuit, de l'accompagner (car nous étions bons amis) tandis qu'il enseignait à ses hommes la manière de s'orienter par l'aspect des étoiles. Il leur récita d'abord l'ordonnance de M. de Louvois sur cette matière, et comme il la répétait par cœur depuis trente ans, il n'y faisait guère plus de fautes qu'au *Pater* et à l'*Ave*. Il dit donc tout d'abord que les soldats commenceront par chercher dans le ciel l'étoile polaire qui est fixe par rapport aux autres étoiles, lesquelles tournent autour d'elle en sens contraire des aiguilles d'une montre. Mais il n'entendait pas clairement ce qu'il disait. Car après avoir récité deux ou trois fois sa phrase d'un ton suffisamment impérieux, il se pencha à mon oreille et me dit :

« — Sacrebleu! l'abbé, montrez-moi donc cette garce d'étoile polaire. Si je sais la distinguer dans ce fouillis de lumignons dont le ciel est tout semé, je veux que le grand diable me croque!

» Je lui enseignai incontinent la manière de la trouver et la lui montrai du doigt.

» — Oh! oh! s'écria-t-il, la pécore est perchée bien haut! De l'endroit où nous sommes on ne peut la regarder sans se tordre le col.

» Et, tout aussitôt, il donna l'ordre à ses officiers de faire reculer les soldats de cinquante pas, pour qu'ils pussent voir plus facilement l'étoile polaire.

» Ce que je vous conte là, mon fils, je l'ai entendu de mes oreilles; et vous conviendrez que ce porteur d'épée avait une idée bien naïve du système du monde et notamment des parallaxes des étoiles. Pourtant il portait les ordres du roi sur un bel habit brodé et il était plus honoré dans l'Etat qu'un savant prêtre. C'est cette rudesse que je ne puis souffrir dans l'armée. »

Mon bon maître, à ces mots, s'étant arrêté pour souffler, je lui demandai s'il ne pensait pas, en dépit de l'ignorance de ce capitaine, qu'il faut beaucoup d'esprit pour gagner des batailles. Il me répondit en ces termes :

— Tournebroche, mon fils, à considérer la difficulté qu'il y a à rassembler et à conduire des armées, les connaissances qu'il faut dans l'attaque ou la défense d'une place et l'habileté qu'exige un bon ordre de bataille, on reconnaîtra aisément qu'un génie presque surhumain, tel que celui d'un César, est seul capable d'une telle entreprise, et l'on s'étonnera qu'il se soit trouvé des esprits propres à renfermer presque toutes les parties d'un véritable homme de guerre. Un grand capitaine connaît non seulement la figure des pays, mais encore les mœurs, les industries des peuples. Il retient dans sa pensée une infinité de petites circonstances dont il forme ensuite des vues simples et vastes. Les plans qu'il a lentement médités et tracés à l'avance, il peut les changer au milieu de l'action par inspiration soudaine, et il est à la fois très prudent et très audacieux; sa pensée tantôt chemine avec la sourde lenteur de la taupe, tantôt s'élance du vol de l'aigle.

« Rien n'est plus vrai.

» Mais considérez, mon fils, que quand deux armées sont en présence, il faut que l'une d'elles soit vaincue; d'où il suit que l'autre sera nécessairement victorieuse, sans que le chef qui la commande ait toutes les parties d'un grand capitaine et sans même qu'il en ait aucune. Il est, je le veux, des chefs habiles; il en est aussi d'heureux, dont la gloire n'est pas moindre. Comment, dans ces rencontres étonnantes, démêler ce qui est l'effet de l'art et ce qui vient de la fortune?

» Mais vous m'écartez de mon sujet.

» Tournebroche, mon fils, je voulais montrer que la guerre est aujourd'hui la honte de l'homme et qu'elle en fut autrefois l'honneur. Établie sur les empires par nécessité, elle fut la grande éducatrice du genre humain. C'est par elle que les hommes se sont formés à toutes les vertus qui élèvent et soutiennent les cités. C'est par elle qu'ils ont appris la patience, la fermeté, le mépris du danger, la gloire du sacrifice. Le jour où des pâtres ont roulé des quartiers de roc pour en former une enceinte derrière laquelle ils défendirent leurs femmes et leurs bœufs, la première société humaine fut fondée et le progrès des arts assuré. Ce grand bien dont nous jouissons, la patrie, la ville, la chose auguste que les Romains adoraient par-dessus les dieux, l'*Urbs*, est fille de la guerre.

» La première cité fut une enceinte fortifiée et c'est dans ce berceau rude et sanglant que furent nourries les lois augustes et les belles industries, les sciences et la sagesse. Et c'est pourquoi le vrai Dieu voulut être nommé le Dieu des armées.

» Ce que je vous en dis, Tournebroche, mon fils, n'est pas pour que vous signiez votre engagement à ce sergent recruteur et soyez pris de l'envie de devenir un héros à raison de soixante coups de verge sur le dos par jour, en moyenne.

» Aussi bien la guerre n'est-elle plus, dans nos sociétés, qu'un mal héréditaire, un retour lascif à la vie sauvage, une puérilité criminelle. Les princes de ce temps et notamment le feu roi porteront à jamais l'illustre honte d'avoir fait de la guerre le jeu et l'amusement des cours. Il m'est douloureux de penser que nous ne verrons pas la fin de ces carnages concertés.

» Quant à l'avenir, à l'insondable avenir, souffrez, mon fils, que je le rêve plus conforme à l'esprit de douceur et d'équité qui est en moi. L'avenir est un lieu commode pour y mettre des songes. C'est là, comme en Utopie, que le sage se plaît à bâtir. Je veux croire que les peuples se feront un jour de paisibles vertus. C'est dans la grandeur croissante des armements que je me flatte de découvrir un lointain présage de paix universelle. Les armées augmentent sans cesse en force et en nombre. Les peuples entiers y seront un jour engouffrés. Alors le monstre périra par son trop de nourriture. Il crèvera d'obésité. »

LES ACADÉMIES

OUS apprîmes, ce jour-là, que l'évêque de Séez venait d'être élu membre de l'Académie française. Il avait prononcé, vingt ans en deçà, un panégyrique de saint Maclou, qui passait pour une bonne pièce, et je crois volontiers qu'il s'y trouvait des endroits excellents, car M. l'abbé Coignard, mon bon maître, y avait mis la main, avant de quitter l'évêché en compagnie de la chambrière de Mme la Baillive. M. de Séez sortait de la meilleure noblesse normande. Sa piété, sa cave et son écurie étaient justement vantées dans tout le royaume, et son propre neveu tenait la feuille des bénéfices. Son élection ne surprit personne. Elle fut

approuvée de tout le monde, hors des bas-gris du café Procope, qui ne sont jamais contents. Ce sont des frondeurs.

Mon bon maître les blâma doucement de leur humeur opposante.

— De quoi se plaint M. Duclos? dit-il. Il est depuis hier l'égal de M. de Séez, qui a le plus beau clergé et la plus belle meute du royaume? Car les académiciens sont égaux en vertu des statuts (1). Il est vrai que c'est l'insolente égalité des saturnales qui cesse, la séance levée, lorsque M. l'évêque monte dans son carrosse, laissant M. Duclos crotter ses bas de laine dans le ruisseau. Mais s'il ne veut point s'égaler de la sorte à M. l'évêque de Séez, pourquoi fraye-t-il avec la gent jetonnière? Que ne se met-il dans un tonneau comme Diogène ou, comme moi, dans une échoppe de Saint-Innocent? C'est seulement dans un tonneau ou dans une échoppe qu'on domine les grandeurs de ce monde. C'est là seulement qu'on est vrai prince et seul seigneur. Heureux qui n'a pas mis son espoir en l'Académie! Heureux qui vit exempt de craintes et de désirs et qui connaît le néant de toutes choses! Heureux qui sait qu'il est également vain d'être académicien et de ne pas l'être! Celui-là

---

1. Cf: SAINT-EVREMONT, *Les Académiciens* :

GODEAU

Bonjour, cher Colletet.

COLLETET *se jette à genoux*

Grand évêque de Grasse,
Dites-moi, s'il vous plaît, comme il faut que je fasse.
Ne dois-je pas baiser votre sacré talon?

GODEAU

Nous sommes tous égaux, étant fils d'Apollon.
Levez-vous, Colletet.

COLLETET

Votre magnificence
Me permet, monseigneur, une telle licence?

GODEAU

Rien ne sauroit changer le commerce entre nous
Je suis évêque ailleurs, ici Godeau pour vous.

M. l'abbé Coignard vivait sous l'ancien régime. En ce temps-là on disait que l'Académie française avait le mérite d'établir entre tous ses membres une égalité qu'ils ne trouvaient pas devant la loi. Pourtant elle fut détruite en 1793 comme « le dernier refuge de l'aristocratie ».

mène sans trouble une vie obscure et cachée. La belle liberté le suit partout. Il célèbre dans l'ombre les silencieuses orgies de la sagesse, et toutes les Muses lui sourient comme à leur initié.

Ainsi parla mon bon maître, et j'admirais le chaste enthousiasme qui enflait sa voix et brillait dans ses yeux. Mais l'inquiétude de la jeunesse m'agitait. Je voulais prendre parti, me jeter au combat, me déclarer pour ou contre l'Académie.

— Monsieur l'abbé, demandai-je, l'Académie n'a-t-elle pas le devoir d'appeler à elle les meilleurs esprits du royaume plutôt que l'oncle de l'évêque de la feuille ? (1)

— Mon fils, répondit doucement mon bon maître, si M. de Séez se montre austère dans ses mandements, magnifique et galant dans sa vie, s'il est enfin le parangon des prélats et s'il a prononcé ce panégyrique de saint Maclou, dont l'exorde, relatif à la guérison des écrouelles par le roi de France, a paru noble, vouliez-vous que la compagnie l'écartât pour cette seule raison qu'il a un neveu aussi puissant qu'aimable ? C'eût été montrer une vertu barbare et punir avec inhumanité M. de Séez des grandeurs de sa famille. La Compagnie a voulu les oublier. Cela seul, mon fils, est assez magnanime.

J'osai répliquer à ce discours, tant le feu de la jeunesse m'avait donné d'emportement.

— Monsieur l'abbé, dis-je, souffrez que mon sentiment résiste à vos raisons. Tout le monde sait que M. de Séez n'est considérable que par la facilité du caractère et qu'on admire seulement en lui l'art de glisser entre les partis. On l'a vu se couler doucement entre les jésuites et les jansénistes et colorer sa pâle prudence des roses de la charité chrétienne. Il croit avoir assez fait quand il n'a mécontenté personne et met tout son devoir à soutenir sa fortune. Ce n'est donc pas son grand cœur qui lui a valu les suffrages des

1. Il veut dire : de l'évêque à qui le roi a donné la feuille des bénéfices ecclésiastiques.

illustres protégés du roi (1). Ce n'est pas non plus son bel esprit. Car hors ce panégyrique de saint Maclou qu'il n'eut (tout le monde le sait) que la peine de lire, ce paisible évêque n'a fait entendre que les tristes mandements de ses vicaires. Il ne se recommandait que par l'aménité de son langage et par la politesse de son commerce. Sont-ce là des titres suffisants pour l'immortalité?

— Tournebroche, répondit obligeamment M. l'abbé Coignard, vous pensez avec cette simplicité que madame votre mère vous donna avec le jour, et je vois que vous garderez longtemps votre candeur native. Je vous en fais mon compliment. Mais il ne faudrait pas que l'innocence vous rendît injuste : il suffit qu'elle vous laisse ignorant. L'immortalité qu'on vient de décerner à M. de Séez ne veut ni un Bossuet ni un Belzunce; elle n'est point gravée dans le cœur des peuples étonnés; elle est inscrite sur un gros registre, et vous entendez bien que ces lauriers de papier ne vont pas qu'à des têtes héroïques.

« S'il se rencontre, parmi les Quarante, des personnes de plus de politesse que de génie, quel mal y voyez-vous? La médiocrité triomphe à l'Académie. Où ne triomphe-t-elle pas? La voyez-vous moins puissante dans les Parlements et dans les Conseils de la Couronne, où, sans doute, elle est moins à sa place? Faut-il donc être un homme rare pour travailler à un dictionnaire qui veut régler l'usage et qui ne peut que le suivre?

» Les académistes ou académiciens furent institués, vous le savez, pour fixer le bel usage en ce qui regarde le discours, pour purger le langage de toute antique et populaire impureté et pour que ne reparût plus un autre Rabelais, un autre Montaigne, tout puant la canaille, la cuistrerie ou la province. On assembla à cet effet des gentilshommes qui savaient le bon usage et des écrivains qui avaient intérêt à le connaître. Cela fit craindre que la compagnie ne réformât

1. Le roi était protecteur de l'Académie.

tyranniquement la langue française. Mais on vit bientôt que ces craintes étaient vaines et que les académistes obéissaient à l'usage, bien loin de l'imposer. Malgré leur défense, on continua à dire comme devant: « Je ferme ma porte (1) ».

» La compagnie se résigna vite à consigner dans un gros dictionnaire les progrès de l'usage. C'est l'unique soin des Immortels (2). Quand ils y ont vaqué, ils trouvent tout loisir de se récréer entre eux. Il leur faut pour cela des compagnons plaisants, faciles, gracieux, des confrères aimables, des hommes entendus et sachant le monde. Ce n'est pas toujours le cas des grands talents. Le génie est parfois insociable. Un homme extraordinaire est rarement un homme de ressource. L'Académie a pu se passer de Descartes et de Pascal. Qui dit qu'elle se serait aussi bien passée de M. Godeau ou de M. Conrart, ou de toute autre personne d'un esprit souple, liant et avisé ?

— Hélas! soupirai-je, ce n'est donc point un sénat d'hommes divins, un concile d'Immortels; ce n'est donc pas l'auguste aréopage de la poésie et de l'éloquence ?

— Non point, mon fils. C'est une compagnie qui professe la politesse, et qui s'est attiré par là un grand renom chez les peuples étrangers et particulièrement parmi les Moscovites. Vous n'avez pas l'idée, mon fils, de l'admiration que l'Académie française inspire aux barons allemands, aux colonels de l'armée russe et aux milords anglais. Ces Européens n'estiment rien au-dessus de nos académiciens et de nos danseuses. J'ai connu une princesse

1. Il est exact que l'Académie condamna cette locution.

Je dis que la coutume, assez souvent trop forte,
Fait dire improprement que l'on FERME LA PORTE.
L'usage tous les jours autorise des mots
Dont on se sert pourtant assez mal à propos.
Pour avoir moins de froid à la fin de décembre
On va POUSSER LA PORTE et l'on FERME SA CHAMBRE.

(SAINT-EVREMONT. *Les Académiciens.*)

(2) L'Académie, en ce temps-là, ne faisait point de distribution de prix.

sarmate d'une grande beauté qui, de passage à Paris, recherchait impatiemment un académicien, quel qu'il fût, pour lui immoler aussitôt sa pudeur.

— S'il en est ainsi, m'écriai-je, comment les académiciens risquent-ils de compromettre leur bonne renommée par ces mauvais choix qu'on blâme si généralement ici?

— Holà! Tournebroche, mon fils, répliqua mon bon maître, ne disons pas de mal des mauvais choix. D'abord il faut, dans toutes les choses humaines, faire la part du hasard, qui est, à tout prendre, la part de Dieu sur la terre et le seul endroit par où la Providence divine se manifeste clairement en ce monde. Car vous entendez bien, mon fils, que ce qu'on appelle absurdités du sort et caprices de la fortune ne sont en réalité que les revanches que la sagesse divine prend, en se jouant, sur les conseils des faux sages. Il convient, en second lieu, d'accorder, dans les assemblées, quelque satisfaction au caprice et à la fantaisie. Une société tout à fait raisonnable serait tout à fait insupportable; elle languirait sous le froid empire de la justice. Elle ne se croirait ni puissante ni seulement libre, si elle ne goûtait pas de temps à autre le plaisir délicieux de braver le sens public et la raison. C'est le péché mignon des puissances de ce monde, de s'entêter dans des caprices bizarres. Pourquoi l'Académie n'aurait-elle pas des lunes dans la tête comme le grand Turc et comme les jolies femmes?

« Bien des passions contraires s'unissent pour inspirer ces mauvais choix dont s'irritent les âmes simples. C'est un plaisir pour des honnêtes gens que de prendre un malheureux homme et d'en faire un académicien. Ainsi le Dieu du psalmiste tire le pauvre de son fumier : *Erigens de stercore pauperem, ut collocet eum cum principibus, cum principibus populi sui.* Ce sont là des coups qui étonnent les peuples, et ceux qui les frappent se doivent croire armés d'une puissance mystérieuse et terrible. Et quelle joie de tirer le pauvre d'esprit de son fumier, lorsqu'en même temps on laisse dans l'ombre quelque despote de l'intelligence. C'est boire, d'un seul trait, un mélange rare et délicieux de charité contente et d'envie satisfaite. C'est jouir par tous les sens et contenter tout l'homme. Et vous voulez que des académistes résistent à la douceur d'un tel philtre!

» Il faut considérer encore qu'en se procurant cette volupté savante, les académistes agissent au mieux de leurs intérêts. Une compagnie formée exclusivement de grands hommes serait peu nombreuse et semblerait triste. Les grands hommes ne peuvent se souffrir les uns les autres, et ils n'ont guère d'esprit. Il est bon de les mêler aux petits. Cela les amuse. Les petits y gagnent par le voisinage, les grands par la comparaison; il y a bénéfice pour les uns comme pour les autres. Admirons par quel jeu sûr, par quel mécanisme ingénieux, l'Académie française communique à quelques-uns de ses membres l'importance qu'elle reçoit des autres. C'est une assemblée de soleils et de planètes où tout brille d'un éclat propre ou emprunté.

» Je dirai plus. Les mauvais choix sont nécessaires à l'existence de cette assemblée. Si elle ne faisait pas, dans ses élections, la part de la faiblesse et de l'erreur, si elle ne se donnait pas quelquefois l'air de prendre au hasard, elle se rendrait si haïssable qu'elle ne pourrait plus vivre. Elle serait dans la République des lettres comme un tribunal au milieu de condamnés. Infaillible, elle semblerait odieuse. Quel affront pour ceux qu'elle n'accueillerait pas, si l'élu était toujours le meilleur! La fille de Richelieu doit se montrer un peu légère pour ne pas paraître trop insolente. Ce qui la sauve, c'est qu'elle a des fantaisies. Son injustice fait son innocence, et c'est parce que nous la savons capricieuse qu'elle peut nous repousser sans nous blesser. Il lui est parfois si avantageux de se tromper, que je suis tenté de croire, en dépit des apparences, qu'elle le fait exprès. Elle a des tours admirables pour ménager l'amour-propre des candidats qu'elle écarte. Telle de ses élections désarme l'envie. C'est dans ses fautes apparentes qu'il faut admirer sa réelle sagesse. »

LES SÉDITIEUX

 E jour-là, ayant fait, mon bon maître et moi, notre visite accoutumée à *l'Image Sainte-Catherine*, nous trouvâmes, dans la boutique, le célèbre M. Rockstrong, monté au plus haut de l'échelle pour dénicher des bouquins dont il est curieux. Car on sait qu'il se plaît, dans sa vie agitée, à rassembler des livres précieux et de belles estampes.

Condamné par le Parlement d'Angleterre à la prison perpétuelle pour avoir participé à l'attentat de Monmouth, il habite la France d'où il envoie incessamment des articles aux gazettes de son pays (1).

1. Je n'ai pas trouvé mention de ce M. Rockstrong dans les mémoires relatifs à l'attentat de Monmouth. (*Note de l'éditeur.*)

Mon bon maître se laissa choir, à son habitude, sur un escabeau, puis levant les yeux sur l'échelle où M. Rockstrong se démenait avec cette agilité d'écureuil qu'il a gardée au déclin de l'âge :

— Dieu merci! dit-il, je vois, monsieur le rebelle, que vous vous portez bien et que vous êtes toujours jeune.

M. Rockstrong tourna vers mon bon maître des yeux ardents qui éclairaient un visage bilieux.

— Pourquoi, demanda-t-il, gros abbé, m'appelez-vous rebelle?

— Je vous appelle rebelle, monsieur Rockstrong, parce que vous n'avez pas réussi. On est rebelle quand on est vaincu. Les victorieux ne sont jamais rebelles.

— L'abbé, vous parlez avec un cynisme dégoûtant.

— Prenez garde, monsieur Rockstrong! cette maxime n'est pas de moi, elle est d'un très grand homme : je l'ai trouvée dans les papiers de Jules César Scaliger.

— Et bien! l'abbé, ce sont là de vilains papiers. Et cette parole est infâme. Notre perte, due à l'indécision de notre chef, et à la mollesse qu'il paya de sa vie, n'altère point la bonté de notre cause. Et les honnêtes gens, vaincus par les coquins, demeurent honnêtes gens.

— Monsieur Rockstrong, il m'est pénible de vous entendre parler d'honnêtes gens et de coquins dans les affaires publiques. Ces termes simples pouvaient suffire à désigner le bon et le mauvais parti dans ces combats d'anges qui furent livrés au Ciel, avant la création du monde, et que votre compatriote Jean Milton a chantés avec une excessive barbarie. Mais sur ce globe terraqué les camps ne sont jamais, tant s'en faut, si exactement divisés, qu'on puisse discerner, sans préjugé ou complaisance, l'armée des purs de l'armée des impurs, ni seulement distinguer le côté du juste du côté de l'injuste. En sorte qu'il faut bien que le succès demeure le seul juge de la bonté d'une cause. Je vous fâche, monsieur

Rockstrong, en disant qu'on est rebelle quand on est vaincu. Pourtant, lorsqu'il vous arriva de monter au pouvoir, vous n'endurâtes point la rébellion.

— L'abbé, vous ne savez ce que vous dites. J'ai toujours eu hâte de passer du côté des vaincus.

— Il est vrai, monsieur Rockstrong, que vous êtes un naturel et constant ennemi de l'État. Vous êtes endurci dans votre inimitié par la force de votre génie, qui se plaît aux ruines et s'amuse à détruire.

— L'abbé, m'en faites-vous un crime?

— Monsieur Rockstrong, si j'étais un homme d'État et un ami du prince, à la façon de M. Roman, je vous tiendrais pour un illustre criminel. Mais je ne professe pas avec assez de ferveur la religion des politiques pour être beaucoup épouvanté de l'éclat de vos forfaits, et de vos attentats qui font plus de bruit que de mal.

— L'abbé, vous êtes immoral.

— Ne m'en blâmez pas trop sévèrement, monsieur Rockstrong, si c'est seulement à ce prix qu'on peut être indulgent.

— Je n'ai que faire, mon gros abbé, d'une indulgence que vous partagez entre moi, qui suis une victime, et les scélérats du Parlement qui m'ont condamné avec une révoltante injustice.

— Vous êtes plaisant, monsieur Rockstrong, de parler de l'injustice des lords!

— N'est-elle point criante?

— Il est vrai, monsieur Rockstrong, que vous fûtes condamné sur un réquisitoire ridicule du lord chancelier, pour une collection de libelles dont aucun, en particulier, ne tombait sous le coup des lois de l'Angleterre; il est vrai que, dans un pays où l'on peut tout écrire, vous fûtes puni pour quelques écrits pleins de sel; il est vrai que vous fûtes frappé dans des formes inusitées et singulières dont la majestueuse hypocrisie cachait mal l'impossibilité de vous atteindre par des voies légales; il est vrai que les milords qui vous jugèrent étaient intéressés à votre perte, puisque le succès de Monmouth et le vôtre les eût infailliblement tirés à bas de leurs fauteuils. Il est vrai que votre perte était décidée d'avance dans les conseils de la Couronne. Il est vrai que vous échappâtes par la fuite à une sorte de martyre médiocre à la vérité, mais pénible. Car la prison perpétuelle est une peine, alors même qu'on peut raisonnablement espérer en sortir bientôt. Mais il n'y a là ni justice ni injustice. Vous fûtes condamné pour raison d'État, ce qui est extrêmement honorable. Et plus d'un parmi les lords qui vous condamnèrent avait conspiré avec vous vingt ans auparavant. Votre crime fut de faire peur aux gens en place, et c'est un crime impardonnable. Les ministres et leurs amis invoquent le salut de l'État quand ils sont menacés dans leur fortune et dans leurs emplois. Et ils se croient volontiers nécessaires à la conservation de l'empire, car ce sont pour la plupart des gens intéressés et sans philosophie. Ce ne sont pas pour cela des méchants. Ils sont hommes, et c'est assez pour expliquer leur pitoyable médiocrité, leur niaiserie et leur avarice. Mais qui donc leur opposiez-vous, monsieur Rockstrong? D'autres hommes également médiocres et plus avides encore, étant plus affamés. Le peuple de Londres les eût subis comme il subit les autres. Il attendit votre victoire ou votre défaite pour se prononcer. En quoi il fit preuve d'une singulière sagesse. Le peuple est bien avisé, quand il estime qu'il n'a rien à gagner ni à perdre à changer de maître.

Ainsi parla l'abbé Coignard, et M. Rockstrong, le visage brûlé, les yeux en feu, la perruque flamboyante, lui cria avec de grands gestes, du haut de son échelle :

— L'abbé, je conçois les voleurs et toutes les espèces de coquins de la Chancellerie et du Parlement. Mais je ne vous conçois pas, vous qui, sans intérêt apparent, par malice pure, soutenez des maximes qu'ils ne professent eux-mêmes que pour leur profit. Il faut que vous soyez plus méchant qu'eux, puisque vous l'êtes avec désintéressement. Vous me passez, l'abbé!

— C'est signe que je suis philosophe, répondit doucement mon bon maître. Il est dans la nature des vrais sages de fâcher le reste des hommes. Anaxagore en fut un illustre exemple. Je ne parle pas de Socrate, qui n'était qu'un sophiste. Mais nous voyons qu'en tout temps et dans tous les pays, la pensée des âmes méditatives fut un sujet de scandale. Vous vous croyez, monsieur Rockstrong, très distinct de vos ennemis, et aussi aimable qu'ils sont odieux. Souffrez que je vous dise que c'est là le pur effet de votre orgueil et de votre fier courage. En fait, vous avez en commun avec ceux qui vous ont condamné toutes les faiblesses et toutes les passions humaines. Si vous avez plus de probité que beaucoup d'entre eux et un esprit d'une vivacité incomparable, vous êtes inspiré d'un génie de haine et de discorde qui vous rend très incommode dans un pays policé. L'état de gazetier, dans lequel vous excellez, a poussé jusqu'à la dernière perfection la partialité merveilleuse de votre esprit, et victime de l'injustice vous n'êtes point un juste. Ce que je dis là me brouille du coup avec vous et avec vos ennemis, et je suis bien sûr de n'obtenir jamais du ministre de la feuille un gros bénéfice. Mais je prise la liberté de la pensée plus haut qu'une bonne abbaye ou qu'un gros prieuré. J'aurai fâché tout le monde, mais j'aurai contenté mon cœur, et je mourrai tranquille.

— L'abbé, répliqua M. Rockstrong en riant à demi, je vous pardonne, parce que je vous crois un peu fou. Vous ne faites pas de différence des coquins et des honnêtes gens et vous ne préférez point un état libre à un gouvernement despotique et prévaricateur. Vous êtes un lunatique d'une espèce particulière.

— Monsieur Rockstrong, dit mon bon maître, allons boire un

pot de vin au *Petit-Bacchus* et je vous y expliquerai, en vidant mon gobelet, pourquoi je suis tout à fait indifférent à la forme du gouvernement et pour quelles causes je ne me soucie pas de changer de maître.

— Volontiers, dit M. Rockstrong, je suis curieux de boire avec un si méchant raisonneur que vous.

Il sauta lestement au bas de son échelle et nous allâmes tous trois au cabaret.

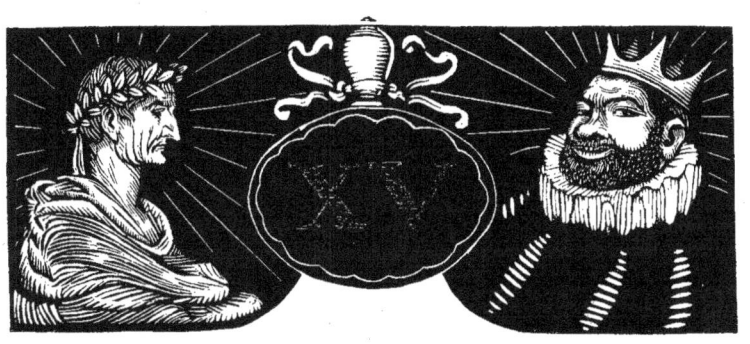

LES COUPS D'ÉTAT

ONSIEUR Rockstrong, qui était homme d'esprit, ne garda point rancune à mon bon maître de sa sincérité. Quand l'hôte du *Petit-Bacchus* eut apporté un pot de vin, le libelliste leva sa tasse et porta la santé de M. l'abbé Coignard qu'il nomma coquin, ami des bandits, suppôt de la tyrannie et vieille canaille, d'un air extrêmement jovial. Mon bon maître lui rendit sa politesse de bonne grâce en se félicitant de boire à la santé d'un homme dont l'humeur naturelle n'avait jamais été altérée par la philosophie.

— Pour moi, ajouta-t-il, je sens bien que mon esprit est tout gâté par la réflexion. Et, comme il n'est point dans la nature des hommes de penser avec quelque profondeur, je confesse que mon penchant à méditer est une manie bizarre et tout à fait incommode. Elle me rend premièrement malpropre à toute entreprise; car on n'agit jamais que sur des vues courtes et des pensées étroites. Vous seriez étonné vous-même, monsieur Rockstrong, si vous vous représentiez la pauvre simplicité des génies qui ont remué le monde. Les conquérants et les hommes d'État qui ont changé la face de la terre n'ont jamais fait réflexion sur l'essencce des êtres qu'ils maniaient rudement. Ils s'enfermaient tout entiers dans la petitesse de leurs grands plans, et les plus sages n'envisageaient à la fois que très peu d'objets. Tel que vous me voyez, monsieur Rockstrong, il me serait impossible de travailler à la conquête des Indes, comme Alexandre, ni de fonder et de gouverner un empire, ni, plus généralement, de me jeter dans quelqu'une de ces vastes entreprises qui tentent la fierté d'une âme impétueuse. La réflexion m'y embarrasserait dès les premiers pas et je découvrirais à chacun de mes mouvements des raisons pour m'arrêter.

Puis se tournant vers moi, mon bon maître dit en soupirant :

— C'est une grande infirmité que de penser. Dieu vous en garde, Tournebroche, mon fils, comme il en a gardé ses plus grands saints et les âmes que, chérissant d'une dilection singulière, il réserve à la gloire éternelle. Les hommes qui pensent peu ou ne pensent point du tout font heureusement leurs affaires en ce monde et dans l'autre, tandis que les méditatifs sont menacés incessamment de leur perte temporelle et spirituelle, tant il est de malice dans la pensée! Considérez, en frémissant, mon fils, que le Serpent de la Genèse est le plus antique des philosophes et leur prince éternel.

M. l'abbé Coignard but un grand coup de vin et reprit à voix basse :

— Aussi, pour mon salut, est-il du moins un sujet sur lequel je n'ai jamais exercé mon intelligence. Je n'ai point appliqué ma raison aux vérités de la foi. Malheureusement, j'ai médité les actions des hommes et les mœurs des cités; c'est pourquoi je ne suis plus digne de gouverner une île, comme Sancho Pança.

— Cela est fort heureux, reprit M. Rockstrong en riant, car votre île serait un repaire de bandits et de malandrins, où les criminels jugeraient les innocents, s'il s'en trouvait d'aventure.

— Je le crois, monsieur Rockstrong, je le crois, reprit mon bon maître. Il est probable que, si je gouvernais une autre île de Barataria, les mœurs y seraient ce que vous dites. Vous avez peint là d'un trait tous les empires du monde. Je sens que le mien ne serait pas meilleur que les autres. Je n'ai point d'illusions sur les hommes, et, pour ne les point haïr, je les méprise. Monsieur Rockstrong, je les méprise tendrement. Mais ils ne m'en savent point de gré. Ils veulent être haïs. On les fâche quand on leur montre le plus doux, le plus indulgent, le plus charitable, le plus gracieux, le plus humain des sentiments qu'ils puissent inspirer: le mépris. Pourtant le mépris mutuel, c'est la paix sur la terre, et si les hommes se méprisaient sincèrement entre eux, ils ne se feraient plus de mal et ils vivraient dans une aimable tranquillité. Tous les maux des sociétés polies viennent de ce que les citoyens s'y estiment excessivement et qu'ils élèvent l'honneur comme un monstre sur les misères de la chair et de l'esprit. Ce sentiment les rend fiers et cruels, et je déteste l'orgueil qui veut qu'on honore autrui, comme si quelqu'un dans la postérité d'Adam pouvait être trouvé digne d'honneur! Un animal qui mange et qui boit (Donnez-moi à boire!) et qui fait l'amour, est pitoyable, intéressant peut-être, et même agréable parfois. Il n'est honorable que par l'effet du préjugé le plus absurde et le plus féroce. Ce préjugé est la source de tous les maux dont nous souffrons. C'est une détestable espèce d'idolâtrie; et pour assurer aux humains une existence un peu douce, il faudrait commencer par les rappeler à leur humilité naturelle. Ils seront heureux quand, ramenés au véritable sentiment de leur condition, ils se mépriseront les uns les autres, sans qu'aucun s'excepte soi-même de ce mépris excellent.

M. Rockstrong haussa les épaules.

— Mon gros abbé, dit-il, vous êtes un pourceau.

— Vous me flattez, répondit mon bon maître; je ne suis qu'un homme, et je sens en moi les germes de cette âcre fierté que je déteste et de cette superbe qui porte la race humaine aux duels et aux guerres. Il y a des moments, monsieur Rockstrong, où je me ferais couper la gorge pour mes opinions, ce qui serait une grande folie. Car enfin, qui me prouve que je raisonne mieux que vous, qui raisonnez excessivement mal? Donnez-moi à boire!

M. Rockstrong remplit gracieusement le gobelet de mon bon maître.

— L'abbé, lui dit-il, vous êtes hors de sens, mais je vous aime, et je voudrais bien savoir ce que vous blâmez dans ma conduite publique et pourquoi vous vous rangez, contre moi, au parti des tyrans, des faussaires, des voleurs et des juges prévaricateurs.

— Monsieur Rockstrong, répondit mon bon maître, souffrez que tout d'abord je répande, avec une indifférence clémente, sur vous, sur vos amis et sur vos ennemis, ce sentiment si doux qui seul finit les querelles et donne l'apaisement. Souffrez que je n'honore pas assez les uns ni les autres pour les désigner à la vindicte des lois et pour appeler les supplices sur leur tête. Les hommes, quoi qu'ils fassent, sont toujours de grands innocents, et je laisse au milord chancelier qui vous fit condamner les déclamations, imitées de Cicéron, sur les crimes d'Etat. J'ai peu de goût pour les Catilinaires, de quelque côté qu'elles viennent. Je suis attristé seulement de voir un homme tel que vous occupé de changer la forme du gouvernement. C'est l'emploi le plus frivole et le plus vain que l'on puisse faire de son esprit, et combattre les gens en place n'est qu'une niaiserie, quand ce n'est pas un moyen de vivre et de se pousser dans le monde. Donnez-moi à boire! Songez, monsieur Rockstrong, que ces brusques changements d'État que vous méditez sont de simples changements d'hommes, et que les hommes, considérés en masse, sont tous pareils, également médiocres dans le mal comme dans le bien, en sorte que remplacer deux ou trois cents ministres, gouverneurs de provinces, agents fiscaux et présidents à mortier par deux ou trois cents autres, c'est faire autant que rien et mettre seulement Philippe et Barnabé au lieu de Paul et de Xavier. Quant à changer en même temps la condition des personnes, comme vous l'espérez, voilà qui est bien impossible, car cette condition ne dépend pas des ministres, qui ne sont rien, mais de la terre et de ses fruits, de l'industrie, du négoce, des richesses amassées dans l'empire, de l'art des citoyens dans le trafic et dans l'échange, toutes choses qui, bonnes ou mauvaises, ne relèvent ni du prince ni des officiers de la couronne.

M. Rockstrong interrompit vivement mon bon maître.

— Qui ne voit, mon gros abbé, s'écria-t-il, que l'état de l'industrie et du commerce dépendent du gouvernement, et qu'il n'y a de bonnes finances que dans un gouvernement libre?

— La liberté, reprit M. l'abbé Coignard, n'est que l'effet de la richesse des citoyens, qui s'affranchissent dès qu'ils sont assez puissants pour être libres. Les peuples prennent toute la liberté dont ils peuvent jouir, ou, pour mieux dire, ils réclament impérieusement des institutions en reconnaissance et garantie des droits qu'ils ont acquis par leur industrie.

« Toute liberté vient d'eux et de leurs propres mouvements. Leurs gestes les plus instinctifs élargissent le moule de l'État qui se forme sur eux (1). En sorte qu'on peut dire que, si détestable

1. Au temps de M. l'abbé Coignard les Français se croyaient déjà libres. Le sieur d'Alquié écrivait en 1670 :
« Trois choses rendent un homme heureux en ce monde, sçavoir la douceur de l'entretien, les

que soit la tyrannie, il n'y a que des tyrannies nécessaires et que les gouvernements despotiques ne sont que l'étroite enveloppe d'un corps imbécile et trop chétif. Et qui ne voit que les apparences du gouvernement sont comme la peau qui révèle la structure d'un animal sans en être la cause?

» Vous vous en prenez à la peau, sans vous intéresser aux viscères, en quoi vous montrez, monsieur Rockstrong, peu de philosophie naturelle.

— Ainsi vous ne faites point de différence d'un Etat libre à un gouvernement tyrannique, et tout cela, mon gros abbé, c'est pour vous le cuir de la bête. Et vous ne voyez point que les dépenses du prince et les déprédations des ministres peuvent, en augmentant les tailles, ruiner l'agriculture et fatiguer le négoce.

— Monsieur Rockstrong, il n'y a jamais, dans un même âge, pour un même pays, qu'un seul gouvernement possible, comme une bête ne peut avoir à la fois qu'un même pelage. D'où il résulte qu'il faut laisser au temps qui est galant homme, comme disait l'autre, le soin de changer les empires et de refaire les

mets délicats et la liberté entière et parfaite. Nous avons veu comme quoy nostre illustre royaume a parfaitement satisfait aux deux premiers; ainsi qu'il ne reste maintenant qu'à montrer que le troisième ne luy manque pas, et que la liberté ny est pas moins que les deux advantages précédans. La chose vous paraistra d'abord véritable, si vous considérez attentivement le nom de nostre Estat, le sujet de sa fondation, et sa pratique ordinaire : car on remarque d'abord que ce nom de *France* ne signifie autre chose que *Franchise et liberté*, conformément au dessein des fondateurs de cette Monarchie, lesquels ayant une âme noble et généreuse, et ne pouvant souffrir ny l'esclavage ny la moindre servitude se résolurent de secouër le joug de toute sorte de captivité, et d'estre aussi libres que les hommes le peuvent estre : c'est pourquoy ils s'en vinrent dans les Gaules qui estoient un Pays dont les Peuples n'estoient pas ny moins belliqueux ni moins jaloux de sa franchise qu'ils le pouvoient estre. Quand au second point, nous sçavons qu'outre les inclinations et les desseins qu'ils ont en fondant cet Estat, d'estre toujours maistres d'eux-mesmes ; c'est qu'ils ont donné des loix à leurs Souverains, qui (limitant leur pouvoir) les maintiennent dans leurs privilèges : de sorte que quand on les en veut priver ils deviennent furieux et courent aux armes avec tant de vitesse que rien ne peust les retenir quand il s'agit de ce point. Quant au troisiesme, je dis que la *France* est si amoureuse de la liberté, qu'elle ne peût pas souffrir un Esclave : de sorte que les Turcs et les Mores, bien moins encore les peuples Chrétiens, ne peuvent jamais porter des fers ny estre chargés de chaisnes, estant dans son pays : aussi arrive-t-il que quand il y a des esclaves en *France*, ils ne sont pas si tost à terre, qu'ils s'écrient pleins de joy : Vive la France avec son aymable Liberté. (*Les Délices de la France...*, par François Savinien d'Alquié, *Amsterdam*, 1670, in-12. — Chapitre XVI, intitulé *La France est un pays de liberté pour toute sorte de personnes*, pp. 245-246.)

lois. Il y travaille avec une lenteur infatiguable et clémente.

— Et vous ne pensez pas, mon gros abbé, qu'il faille aider le vieillard qui figure sur les horloges, sa faux à la main? Vous ne pensez pas qu'une révolution comme celle des Anglais ou celle des Pays-Bas ait eu quelque effet pour l'état des peuples? Non? Vous méritez, vieux fou, d'être coiffé du chapeau vert!

— Les révolutions, répliqua mon bon maître, se font pour conserver les biens acquis, non pour en gagner de nouveaux. C'est la folie des nations et c'est la vôtre, monsieur Rockstrong, de fonder sur la chute des princes de vastes espérances. Les peuples s'assurent de temps en temps, par la révolte, la conservation de leurs franchises menacées. Ils n'acquièrent jamais par cette voie des franchises nouvelles. Mais ils se payent de mots. Il est remarquable, monsieur Rockstrong, que les hommes se font tuer facilement pour des mots qui n'ont point de sens. Ajax en avait déjà fait la remarque : « Je croyais dans ma jeunesse, lui fait dire le poète, que l'action était plus puissante que la parole, mais je vois aujourd'hui que la parole est la plus forte. » Ainsi parlait Ajax, fils d'Oïlée. Monsieur Rockstrong, j'ai grand soif!

L'HISTOIRE

ONSIEUR Roman posa sur le comptoir une demi-douzaine de volumes.

— Je vous prie, monsieur Blaizot, dit-il, de me faire envoyer ces livres. Il s'y trouve *la Mère et le fils*, les *Mémoires de la Cour de France* et le *Testament de Richelieu*. Je vous serai reconnaissant d'y joindre ce que vous avez reçu de nouveau en matière d'histoire et particulièrement ce qui concerne la France depuis la mort d'Henri IV. Ce sont là des ouvrages dont je suis extrêmement curieux.

— Vous avez raison, monsieur, dit mon bon maître. Les livres d'histoire sont remplis de bagatelles très propres au divertissement d'un honnête homme, et l'on est assuré d'y trouver une infinité de contes agréables.

— Monsieur l'abbé, répondit M. Roman, ce que je recherche chez les historiens, ce n'est point un divertissement frivole. C'est un grave enseignement, et je suis au désespoir si j'y découvre des fictions mêlées à la vérité. J'étudie les actions humaines en vue de la conduite des peuples et je cherche dans les histoires des maximes de gouvernement.

— Je ne l'ignore pas, monsieur, dit mon bon maître. Votre traité de la *Monarchie* est assez connu pour qu'on sache que vous avez conçu une politique tirée des histoires.

— De la sorte, dit M. Roman, j'ai, le premier, tracé aux princes et aux ministres des règles dont ils ne peuvent s'écarter sans danger.

— Aussi vous voit-on, monsieur, au frontispice de votre livre, sous la figure de Minerve, présentant à un roi adolescent le miroir que vous tend la muse Clio, éployée au-dessus de votre tête, dans un cabinet orné de bustes et de tableaux. Mais souffrez que je vous dise, monsieur, que cette muse est une menteuse et qu'elle vous tend un miroir trompeur. Il y a peu de vérités dans les histoires, et les seuls faits sur lesquels on s'accorde sont ceux que nous tenons d'une source unique. Les historiens se contredisent les uns les autres chaque fois qu'ils se rencontrent. Bien plus! Nous voyons que Flavius Josèphe, qui a suivi les mêmes événements dans ses *Antiquités* et dans sa *Guerre des Juifs*, les rapporte diversement en chacun de ces ouvrages. Tite-Live n'est qu'un assembleur de fables; et Tacite, votre oracle, me fait tout l'effet d'un menteur austère qui se moque du monde avec un air de gravité. J'estime assez Thucydide, Polybe et Guichardin. Quant à notre Mézeray, il ne sait ce qu'il dit, non plus que Villaret et l'abbé Vély. Mais je fais le procès aux historiens et c'est à l'histoire qu'il le faut faire.

« Qu'est-ce que l'histoire? Un recueil de contes moraux ou bien un mélange éloquent de narrations et de harangues, selon que l'historien est philosophe ou rhéteur. Il s'y peut trouver de beaux morceaux d'éloquence, mais l'on n'y doit point chercher la vérité, parce que la vérité consiste à montrer les rapports nécessaires des choses et que l'historien ne saurait établir ces rapports, faute de pouvoir suivre la chaîne des effets et des causes. Considérez que chaque fois que la cause d'un fait historique est dans un fait qui n'est point historique, l'histoire ne la voit point. Et comme les faits historiques, sont liés étroitement aux faits qui ne sont pas historiques, il en résulte que les évènements ne s'enchaînent point naturellement dans les histoires, mais qu'ils y sont liés les uns aux autres par de purs artifices de rhétorique. Et remarquez encore que la distinction entre les faits qui entrent dans l'histoire et les faits qui n'y entrent point est tout à fait arbitraire. Il en résulte que, loin d'être une science, l'histoire est condamnée, par un vice de nature, au vague du mensonge. Il lui manquera toujours la suite et la continuité sans lesquelles il n'est point de connaissance véritable. Aussi bien voyez-vous qu'on ne peut tirer des annales d'un peuple aucun pronostic pour son avenir. Or, le propre des sciences est d'être prophétiques, comme il se voit par les tables où les lunaisons, les marées et les éclipses se trouvent calculées à l'avance, tandis que les révolutions et les guerres échappent au calcul. »

M. Roman représenta à M. l'abbé Coignard qu'il ne demandait à l'histoire que des vérités confuses, il est vrai, incertaines, mélangées d'erreur, mais infiniment précieuses par leur objet, qui est l'homme.

— Je sais, ajouta-t-il, combien les annales humaines sont mêlées de fables et tronquées. Mais à défaut d'une suite rigoureuse de causes et d'effets, j'y découvre une sorte de plan qu'on perd et qu'on retrouve, comme les ruines de ces temples à demi ensevelis dans le sable. Cela seul serait pour moi d'un prix inestimable. Et je me flatte encore que l'histoire, à l'avenir, formée de matériaux abondants et traitée avec méthode, rivalisera d'exactitude avec les sciences naturelles.

— Pour cela, dit mon bon maître, n'y comptez point. Je croirais plutôt que l'abondance croissante des mémoires, correspondances et papiers d'archives rendra la tâche difficile aux historiens futurs. M. Elward, qui consacre sa vie à étudier la révolution d'Angleterre, assure que la vie d'un homme ne suffirait pas à lire la moitié de ce qui fut écrit pendant les troubles. Il me souvient d'un conte que M. l'abbé Blanchet me fit à ce sujet, et que je vais vous dire tel qu'il se retrouvera dans ma mémoire, regrettant que M. l'abbé Blanchet ne soit pas ici pour le conter lui-même, car il a de l'esprit.

« Voici cet apologue :

» Quand le jeune prince Zémire succéda à son père sur le trône de Perse, il fit appeler tous les académiciens de son royaume, et, les ayant réunis, il leur dit :

» — Le docteur Zeb, mon maître, m'a enseigné que les souverains s'exposeraient à moins d'erreurs s'ils étaient éclairés par l'exemple du passé. C'est pourquoi je veux étudier les annales des peuples. Je vous ordonne de composer une histoire universelle et de ne rien négliger pour la rendre complète.

» Les savants promirent de satisfaire le désir du prince, et s'étant retirés, ils se mirent aussitôt à l'œuvre. Au bout de vingt ans, ils se présentèrent devant le roi, suivis d'une caravane composée de douze chameaux, portant chacun cinq cents volumes. Le secrétaire de l'académie, s'étant prosterné sur les degrés du trône, parla en ces termes :

» — Sire, les académiciens de votre royaume ont l'honneur de déposer à vos pieds l'histoire universelle qu'ils ont composée à l'intention de Votre Majesté. Elle comprend six mille tomes et renferme tout ce qu'il nous a été possible de réunir touchant les mœurs des peuples et les vicissitudes des empires. Nous y avons inséré les anciennes chroniques qui ont été heureusement conservées, et nous les avons illustrées de notes abondantes sur la géographie, la chronologie et la diplomatique. Les prolégomènes forment à eux seuls la charge d'un chameau et les paralipomènes sont portés à grand'peine par un autre chameau.

» Le roi répondit :

» — Messieurs, je vous remercie de la peine que vous vous êtes donnée. Mais je suis fort occupé des soins du gouvernement. D'ailleurs j'ai vieilli pendant que vous travailliez. Je suis parvenu, comme dit le poète persan, au milieu du chemin de la vie, et, à supposer que je meure plein de jours, je ne puis raisonnablement espérer d'avoir le temps de lire une si longue histoire. Elle sera déposée dans les archives du royaume. Veuillez m'en faire un abrégé mieux proportionné à la brièveté de l'existence humaine.

» Les académiciens de Perse travaillèrent vingt ans encore ; puis ils apportèrent au roi quinze cents volumes sur trois chameaux.

» — Sire, dit le secrétaire perpétuel d'une voix affaiblie, voici notre ouvrage. Nous croyons n'avoir rien omis d'essentiel.

» — Il se peut, répondit le roi, mais je ne le lirai point. Je suis vieux ; les longues entreprises ne conviennent point à mon âge ; abrégez encore et ne tardez pas.

» Ils tardèrent si peu qu'au bout de dix ans ils revinrent suivis d'un jeune éléphant porteur de cinq cents volumes.

» — Je me flatte d'avoir été succinct, dit le secrétaire perpétuel.

» — Vous ne l'avez pas encore été suffisamment, répondit le roi. Je suis au bout de ma vie. Abrégez, abrégez, si vous voulez que je sache, avant de mourir, l'histoire des hommes.

» On revit le secrétaire perpétuel devant le palais, au bout de cinq ans. Marchant avec des béquilles, il tenait par la bride un petit âne qui portait un gros livre sur son dos.

» — Hâtez-vous, lui dit un officier, le roi se meurt.

» En effet le roi était sur son lit de mort. Il tourna vers l'académicien et son gros livre un regard presque éteint, et dit en soupirant :

» — Je mourrai donc sans savoir l'histoire des hommes!

» — Sire, répondit le savant, presque aussi mourant que lui, je vais vous la résumer en trois mots: *Ils naquirent, ils souffrirent, ils moururent.*

» C'est ainsi que le roi de Perse apprit sur le tard l'histoire universelle.

MONSIEUR NICODÈME

EPENDANT qu'à *l'Image Sainte-Catherine*, mon bon maître, assis sur le plus haut degré de l'échelle, lisait Cassiodore avec délices, un vieillard entra dans la boutique, l'air rogue et le regard sévère. Il alla droit à M. Blaizot qui allongeait la tête en souriant derrière son comptoir.

— Monsieur, lui dit-il, vous êtes libraire juré et je dois vous tenir pour homme de bonnes mœurs. Pourtant l'on voit à votre étalage un tome des *Œuvres de Ronsard* ouvert à l'endroit du frontispice qui représente une femme nue. Et c'est un spectacle qui ne peut se regarder en face.

— Pardonnez-moi, monsieur, répondit doucement M. Blaizot ; ce frontispice est de Léonard Gautier, qui passait, en son temps, pour un graveur assez habile.

— Il m'importe peu, reprit le vieillard, que le graveur soit habile. Je considère seulement qu'il a représenté des nudités. Cette figure n'est vêtue que de ses cheveux, et je suis douloureusement surpris, monsieur, de voir un homme d'âge, et prudent, comme vous paraissez, l'exposer aux regards des jeunes hommes qui fréquentent dans la rue Saint-Jacques. Vous feriez bien de la brûler, à l'exemple du père Garasse, qui employa son bien à acquérir, pour les jeter au feu, nombre de livres contraires aux bonnes mœurs et à la Compagnie de Jésus. Tout au moins serait-il honnête à vous de la cacher dans l'endroit le plus secret de votre boutique, qui recèle, je le crains, beaucoup de livres propres, tant pour le texte que pour les figures, à exciter les âmes à la débauche.

M. Blaizot répondit en rougissant qu'un tel soupçon était injuste, et le désolait, venant d'un honnête homme.

— Je dois, reprit le vieillard, vous dire qui je suis. Vous voyez devant vous M. Nicodème, président de la compagnie de la pudeur. Le but que je poursuis est de renchérir de délicatesse, à l'endroit de la modestie, sur les règlements de M. le lieutenant de police. Je m'emploie, avec l'aide d'une douzaine de conseillers au Parlement et de deux cents marguilliers des principales paroisses, à faire disparaître les nudités exposées dans les lieux publics, tels que places, boulevards, rues, ruelles, quais, impasses et jardins. Et non content d'établir la modestie sur la voie publique, je m'efforce de la faire régner jusque dans les salons, cabinets et chambres à coucher, d'où elle est trop souvent bannie.

« Sachez, monsieur, que la société que j'ai fondée fait faire des trousseaux pour les jeunes mariés, où il se trouve des chemises amples et longues, avec un petit pertuis qui permet aux jeunes époux de procéder chastement à l'exécution du commandement de Dieu relatif à la croissance et à la multiplication. Et, pour mêler, si j'ose le dire, les grâces à l'austérité, ces ouvertures sont entourées de broderies agréables. Je me flatte d'avoir imaginé de la sorte des vêtements intimes extrêmement propres à faire de tous les nouveaux couples une autre Sarah et un autre Tobie, et à nettoyer le sacrement du mariage des impuretés qui y sont malheureusement attachées. »

Mon bon maître, qui, le nez dans Cassiodore, écoutait ce discours, y répondit, le plus gravement du monde, du haut de son échelle, qu'il trouvait l'invention belle et louable, mais qu'il en concevait une autre plus excellente encore :

— Je voudrais, dit-il, que les jeunes époux, avant leur union, fussent frottés du haut jusques en bas d'un cirage très noir qui, rendant leur cuir semblable à celui des bottes, attristât beaucoup les délices et blandices criminelles de la chair, et fût un pénible obstacle aux caresses, baisers et mignardises que pratiquent trop communément, entre deux draps, les amoureux.

A ces mots, M. Nicodème, levant la tête, vit mon bon maître sur son échelle et reconnut à son air qu'il se moquait.

— Monsieur l'abbé, répondit-il avec une indignation attristée, je vous pardonnerais si vous versiez sur moi seul le ridicule. Mais vous raillez en même temps que moi la modestie et les bonnes mœurs, en quoi vous êtes bien coupable. En dépit des mauvais plaisants, la société que j'ai fondée a déjà accompli de grands et utiles travaux.

« Raillez, monsieur!

» Nous avons mis six cents feuilles de vigne ou figuier aux statues des jardins du Roi.

— Cela est admirable, monsieur, répondit mon bon maître en ajustant ses bésicles; et, du train que vous allez, toutes les statues seront bientôt feuillues. Mais (comme les objets n'ont de sens pour nous que par les idées qu'ils éveillent), en mettant des feuilles de vignes et de figuier aux statues, vous transportez le caractère de l'obscénité à ces feuilles, en sorte qu'on ne pourra plus voir de vigne ni de figuier dans la campagne, sans les concevoir tout remplis d'indécence; et c'est un grand péché, monsieur, que de charger ainsi d'impudeur des arbustes innocents.

« Souffrez que je vous dise encore qu'il est dangereux de s'attacher, comme vous le faites, à tout ce qui peut être sujet de trouble et d'inquiétude pour la chair, sans songer que, si telle figure est de sorte à scandaliser les âmes, chacun de nous, qui porte en soi la réalité de cette figure, se scandalisera soi-même, à moins d'être eunuque, ce qui est affreux à penser.

— Monsieur, reprit le vieillard Nicodème, un peu échauffé, je connais à votre langage que vous êtes un libertin et un débauché.

— Monsieur, dit mon bon maître, je suis chrétien; et quant à vivre dans la débauche, je n'y puis penser, ayant assez à faire à gagner le pain, le vin et le tabac de chaque jour. Tel que vous me voyez, monsieur, je ne connais d'orgie que les silencieuses orgies de la méditation, et le seul banquet où je m'asseye est le banquet des Muses. Mais j'estime, étant sage, qu'il est mauvais de renchérir de pudeur sur les enseignements de la religion catholique, qui laisse, à ce sujet, beaucoup de liberté et s'en rapporte volontiers aux usages des peuples et à leurs préjugés.

« Je vous tiens, monsieur, pour entaché de calvinisme et penchant à l'hérésie des iconoclastes. Car, enfin, on ne sait si votre fureur n'ira pas jusqu'à brûler les images de Dieu et des saints en haine de l'humanité qui paraît en elles. Ces mots de pudeur, de modestie et de décence, dont vous avez la bouche pleine, n'ont, en fait, aucun sens précis et stable. C'est la coutume et le sentiment qui seuls les peuvent définir avec mesure et vérité. Je ne reconnais pour juges de ces indélicatesses que les poètes, les artistes et les belles femmes.

» Quelle étrange idée que d'ériger une troupe de procureurs en juges des grâces et des voluptés !

— Mais, monsieur, répliqua le vieillard Nicodème, nous ne nous en prenons ni aux Grâces ni aux Ris, et encore moins aux images de Dieu et des saints, et vous nous cherchez une mauvaise querelle. Nous sommes d'honnêtes gens qui voulons écarter des yeux de nos fils les spectacles déshonnêtes ; et l'on sait bien ce qui est honnête et ce qui ne l'est pas.

« Souhaitez-vous donc, monsieur l'abbé, que nos jeunes enfants soient livrés, dans nos rues, à toutes les tentations ?

— Ah ! monsieur, répondit mon bon maître, il faut être tenté ! C'est la condition de l'homme et du chrétien sur la terre. Et la tentation la plus redoutable vient du dedans et non du dehors. Vous ne prendriez pas tant de peine à faire décrocher des étalages quelques crayons de femmes nues, si vous aviez, comme moi, médité les vies des Pères du désert. Vous y auriez vu que, dans une solitude affreuse, loin de toute figure taillée ou peinte, déchirés par le cilice, macérés dans la pénitence, épuisés par le jeûne, se roulant sur un lit d'épines, les anachorètes se sentaient percés jusqu'aux moelles des aiguillons du désir charnel. Ils voyaient, dans leur pauvre cellule, des images plus voluptueuses mille fois que cette allégorie qui vous offusque à la vitrine de M. Blaizot.

« Le diable (les libertins disent la Nature) est plus grand

peintre des scènes lascives que Jules Romain lui-même. Il passe tous les maîtres de l'Italie et des Flandres pour les attitudes, le mouvement et le coloris. Hélas! vous ne pouvez rien contre ses ardentes peintures. Celles qui vous scandalisent sont peu de chose en comparaison, et vous feriez sagement de laisser à M. le lieutenant de police le soin de veiller à la pudeur publique, au gré des citoyens.

» Vraiment votre candeur m'étonne; vous avez peu l'idée de ce qu'est l'homme, de ce que sont les sociétés et du bouillonnement de la chair dans une grande ville.

» Oh! les innocents barbons qui, dans toutes les impuretés de Babylone, où les rideaux se soulèvent de toutes parts pour laisser voir l'œil et le bras des prostituées, où les corps trop pressés se frottent et s'échauffent les uns les autres sur les places publiques, vont se plaindre et gémir de quelques méchantes images suspendues aux échoppes des libraires, et portent jusqu'au Parlement du royaume leurs lamentations, quand dans un bal une fille a montré à des garçons sa cuisse, qui est précisément pour eux l'objet le plus commun du monde. »

Ainsi parlait mon bon maître, debout sur son échelle. Mais M. Nicodème se bouchait les oreilles pour ne pas l'entendre et criait au cynisme.

— Ciel! soupirait-il, quoi de plus dégoûtant qu'une femme nue, et quelle honte de s'accommoder, comme fait cet abbé, de l'immoralité, qui est la fin d'un pays, car les peuples ne subsistent que par la pureté des mœurs!

— Il est vrai, monsieur, répondit mon bon maître, que les peuples ne sont forts que lorsqu'ils ont des mœurs; mais cela s'entend de la communauté des maximes, des sentiments et des passions, et d'une sorte d'obéissance généreuse aux lois, et non pas des bagatelles qui vous occupent. Prenez garde aussi que la pudeur, quand elle n'est pas une grâce, n'est qu'une niaiserie, et que la sombre candeur de vos effarouchements donne un spectacle ridicule, monsieur Nicodème, et quelque peu indécent.

Mais M. Nicodème avait déjà quitté la place.

LA JUSTICE

ONSIEUR l'abbé Coignard, qui devait plutôt être nourri au prytanée par la république reconnaissante, gagnait son pain en écrivant des lettres pour les servantes dans une échoppe du cimetière Saint-Innocent. Il lui advint d'y servir de secrétaire à une dame portugaise, qui traversait la France avec son petit nègre. Elle donna un liard pour une lettre à son mari et un écu de six livres pour une autre à son amant.

C'était le premier écu que mon bon maître touchait depuis la Saint-Jean.

Comme il était magnifique et libéral, il me mena tout aussitôt à la *Pomme d'or*, sur le quai de Grève, proche la Maison de ville, où le vin est naturel et les saucisses excellentes. Aussi les gros marchands, qui achètent les pommes sur le Mail, ont-ils coutume d'y aller, vers midi, en partie fine. C'était le printemps; il était doux de respirer le jour. Mon bon maître nous fit servir sur la berge, et nous dînâmes en écoutant le frais clapotis de l'eau battue par l'aviron des bateliers. Un air riant et léger nous baignait dans ses ondes subtiles et nous étions heureux de vivre à la clarté du ciel.

Tandis que nous mangions des goujons frits, un bruit de chevaux et d'hommes, s'élevant à notre côté, nous fit tourner la tête.

Devinant le sujet de notre curiosité, un petit vieillard noir, qui dînait à la table prochaine, nous dit avec un sourire obligeant :

— Ce n'est rien, messieurs, c'est une servante qu'on mène pendre pour avoir volé à sa maîtresse des barbes de dentelles.

Au moment qu'il parlait, nous vîmes en effet, assise au cul d'une charrette, entre des sergents à cheval, une assez belle fille, l'air étonné et la poitrine tendue par l'écart des bras liés sur le dos. Elle passa tout aussitôt, et pourtant j'aurai toujours dans les yeux l'image de cette figure blanche et de ce regard qui déjà ne voyait plus rien.

— Oui, messieurs, reprit le vieillard noir, c'est la servante de Mme la conseillère Josse, qui, pour se faire brave chez Ramponneau, au côté de son amant, déroba à sa maîtresse une coiffe de point d'Alençon, et s'enfuit après avoir fait ce larcin. Elle fut prise dans un logis du Pont-au-Change, et tout d'abord elle avoua son crime. Aussi ne fut-elle soumise à la torture que pendant une heure ou deux. Ce que je vous dis, messieurs, je le sais, étant huissier de la chambre du Parlement où elle fut jugée.

Le petit vieillard noir entama une saucisse, qu'il ne fallait pas laisser refroidir ; puis il reprit :

— En ce moment, elle doit être à l'échelle et, dans cinq minutes, peut-être un peu plus, peut-être un peu moins, la coquine aura rendu l'âme. Il y a des pendus qui ne donnent point de peine au bourreau. Aussitôt qu'ils ont la corde au cou, ils meurent tranquillement. Mais il en est d'autres qui font, c'est le cas de dire, une vie de pendu, et qui se démènent furieusement.

« Le plus endiablé de tous fut un prêtre, qu'on justicia l'an passé pour avoir imité la signature du roi sur des billets de loterie. Pendant plus de vingt minutes, il dansa comme une carpe au bout de la corde.

» Hé! hé! ajouta le petit homme noir en ricanant, M. l'abbé était modeste et n'enviait point l'honneur de devenir évêque des champs. Je le vis quand on le tira de la charrette. Il pleurait et se débattait tant, que le bourreau lui dit : « Monsieur l'abbé, ne faites pas l'enfant! » Le plus étrange est que, conduit de compagnie avec un autre larron, il avait été pris d'abord pour le confesseur, par le bourreau que l'exempt eut toutes les peines du monde à détromper. N'est-ce pas plaisant, monsieur?

— Non, monsieur, répondit mon bon maître, en laissant tomber dans son assiette un petit poisson qu'il tenait depuis quelque temps suspendu à ses lèvres, non cela n'est point plaisant; et l'idée que cette belle fille rend l'âme en ce moment me gâte le plaisir de manger des goujons et de voir le beau ciel, qui me riait tout à l'heure.

— Ah! monsieur l'abbé, dit le petit huissier, si vous êtes à ce point délicat, vous n'auriez pu voir sans défaillir ce que mon père vit de ses yeux, étant encore enfant, dans la ville de Dijon, dont il était natif. Avez-vous jamais entendu parler d'Hélène Gillet?

— Non point, dit mon bon maître.

— En ce cas, je vais vous conter son histoire, telle que mon père me l'a maintes fois contée.

Il but un coup de vin, s'essuya les lèvres avec un coin de la nappe, et fit le récit que je vais rapporter.

RÉCIT DE L'HUISSIER

U mois d'octobre 1624, la fille du châtelain royal de Bourg-en-Bresse, Hélène Gillet, âgée de vingt-deux ans, qui vivait dans la maison paternelle avec ses frères encore enfants, laissa paraître des signes si visibles d'une grossesse, que ce fut la fable de la ville et que les demoiselles de Bourg cessèrent de la fréquenter. On prit garde ensuite que ses flancs s'étaient abaissés et l'on fit de telles gloses que le lieutenant criminel ordonna qu'elle serait visitée par des matrones. Celles-ci constatèrent qu'elle avait été grosse et que sa délivrance remontait à moins de quinze jours. Sur leur rapport, Hélène Gillet fut mise en prison

et interrogée par les juges du présidial. Elle leur fit des aveux :

— Il y a quelques mois, leur dit-elle, un jeune homme, d'un lieu voisin, demeurant au logis de mon oncle, venait chez mon père pour apprendre à lire et à écrire aux garçons. Une fois seulement il me connut. Ce fut par le moyen d'une servante qui m'enferma dans une chambre avec lui. Là, il me prit de force.

Et, comme on lui demanda pourquoi elle n'avait pas appelé au secours, elle répondit que la surprise lui avait ôté la voix. Pressée par les juges, elle ajouta qu'à la suite de cette violence elle devint grosse et fut délivrée avant terme. Loin d'avoir contribué à cette délivrance, elle l'eût ignorée, disait-elle, sans une servante qui lui révéla la vraie nature de cet accident.

Les magistrats, mal satisfaits de ses réponses, ne savaient toutefois comment y contredire, quand un témoignage inattendu vint fournir à l'accusation des preuves certaines. Un soldat qui passait, en se promenant, le long du jardin de messire Pierre Gillet, châtelain royal, père de l'accusée, vit dans un fossé, au pied du mur, un corbeau s'efforçant de tirer un linge avec son bec. Il s'approcha pour reconnaître ce que c'était et trouva le corps d'un petit enfant. Il en avertit aussitôt la justice. Cet enfant était enveloppé dans une chemise marquée au col des lettres H. G. On constata qu'il était venu à terme, et Hélène Gillet, convaincue d'infanticide, fut condamnée, selon la coutume, à la peine de mort. A raison de la charge honorable que tenait son père, elle fut admise à jouir du privilège accordé aux nobles et la sentence porta qu'elle aurait la tête tranchée.

Ayant fait appel au Parlement de Dijon, elle fut conduite, sous la garde de deux archers, dans la capitale de la Bourgogne et mise à la Conciergerie du Palais. Sa mère, qui l'avait accompagnée, se retira chez les dames Bernardines. L'affaire fut entendue par MM. du Parlement, le lundi 12 mai, dans la dernière audience avant les fêtes de la Pentecôte. Sur le rapport du conseiller Jacob, les juges confirmèrent la sentence du présidial de Bourg, disposant que la condamnée serait conduite au supplice la hart au col. On remarqua dans le public que cette circonstance infamante avait été ajoutée d'une façon étrange et insolite à un supplice noble, et une telle sévérité, qui allait contre les formes, fut blâmée. Mais l'arrêt était sans appel et devait être exécuté tout de suite.

En effet, le même jour, à trois heures et demie de relevée, Hélène Gillet fut conduite à l'échafaud, au son des cloches, dans un cortège précédé par des trompettes qui sonnaient avec un tel éclat, que toutes les bonnes gens de la ville les entendirent dans leurs maisons, et, tombant à genoux, prièrent pour l'âme de celle qui allait mourir. M. le substitut du procureur du roi s'avançait à cheval, suivi de ses huissiers. Puis venait la condamnée, dans une charrette, la corde au col, comme le voulait l'arrêt du Parlement. Elle était assistée de deux pères jésuites et de deux frères capucins, qui lui montraient Jésus expirant sur la croix. Près d'elle se tenaient le bourreau avec son coutelas et la bourrelle avec une paire de ciseaux. Une compagnie d'archers entourait la charrette. Derrière se pressait une foule de curieux où se trouvaient des gens de petits métiers, boulangers, bouchers et maçons, et d'où montait une grande rumeur.

Le cortège s'arrêta sur la place dite le Morimont, non, comme il semble, parce que c'est le lieu de mort des criminels, mais en souvenir des abbés crossés et mitrés de Morimont qui y eurent jadis leur hôtel. L'échafaud de bois y était dressé sur des degrés de pierre attenant à une chapelle basse où les religieux ont coutume de prier pour l'âme des suppliciés.

Hélène Gillet monta les degrés avec les quatre religieux, le bourreau, et sa femme, la bourrelle. Celle-ci, ayant retiré à la patiente la corde qui lui ceignait le cou, lui coupa les cheveux avec ses ciseaux longs d'un demi-pied, et lui banda les yeux; les religieux récitaient les prières. Cependant le bourreau commença de pâlir et de trembler. Il se nommait Simon Grandjean; c'était un homme d'apparence débile, et aussi craintif et doux que sa femme la bourrelle semblait féroce. Il avait communié le matin dans la prison, et pourtant il se sentait troublé, sans courage pour faire mourir cette jeune fille. Il se pencha vers le peuple :

— Pardonnez-moi, vous tous, dit-il, si je fais mal ce qu'il me faut faire. J'ai une fièvre qui me tient depuis trois mois.

Puis, chancelant, se tordant les bras et levant les yeux au ciel, il alla se mettre à genoux devant Hélène Gillet, et lui demanda pardon deux fois. Il pria les religieux de le bénir, et, quand la bourrelle eut arrangé la patiente sur le billot, il haussa son coutelas.

Les jésuites et les capucins crièrent : *Jésus Maria!* et un grand soupir sortit de la foule. Le coup, qui devait trancher le col, fit une large entaille à l'épaule gauche et la malheureuse tomba sur le côté droit.

Simon Grandjean, se retournant vers la foule, dit :

— Faites-moi mourir!

Les huées montaient, et quelques pierres furent lancées sur l'échafaud pendant que la bourrelle replaçait la victime sur le billot.

Le mari reprit son coutelas. Frappant une seconde fois, il entailla profondément le cou de la pauvre fille, qui tomba sur le coutelas échappé des mains du bourreau.

Cette fois, la rumeur qui s'éleva de la foule fut terrible, et une telle grêle de pierres tomba sur l'échafaud, que Simon Grandjean, les deux jésuites et les deux capucins sautèrent en bas. Ils purent gagner la chapelle basse et s'y enfermer. La bourrelle, restée seule en haut avec la patiente, chercha le coutelas. Ne le trouvant pas, elle prit la corde avec laquelle Hélène Gillet avait été menée, la lui noua au cou et, lui mettant le pied sur la poitrine, essaya de l'étrangler. Hélène, saisissant la corde à deux mains, se défendit, toute sanglante; alors la femme Grandjean la traîna par la corde, la tête en bas, au pied de l'estrade, et, parvenue sur les degrés de pierre, elle lui tailla la gorge avec ses ciseaux.

Elle y travaillait quand les bouchers et les maçons, culbutant sergents et archers, envahirent les abords de l'échafaud et de la chapelle; une douzaine de bras robustes enlevèrent Hélène Gillet et la portèrent évanouie dans la boutique de maître Jacquin, chirurgien barbier.

La foule du peuple, qui se ruait sur la porte de la chapelle, aurait eu bientôt fait de l'enfoncer. Mais les deux frères capucins et les deux pères jésuites l'ouvrirent, épouvantés. Et, tenant leurs croix au bout de leurs bras levés, ils se firent passage à grand'peine, au milieu de l'émeute.

Le bourreau et sa femme furent assommés à coups de pierres et de marteaux et leurs corps traînés par les rues. Cependant Hélène Gillet, reprenant connaissance chez le chirurgien, demanda à boire. Puis, tandis que maître Jacquin la pansait, elle dit :

— N'aurai-je pas d'autre mal que celui-là?

On trouva qu'elle avait reçu deux coups d'épée, six coups de ciseaux qui lui avaient traversé les lèvres et la gorge, que ses reins avaient été profondément entamés par le coutelas sur lequel la bourrelle l'avait traînée en voulant l'étrangler, et qu'enfin tout son corps était contus par des pierres que la foule avait lancées sur l'échafaud.

Elle guérit pourtant de toutes ses blessures. Laissée chez le chirurgien Jacquin, à la garde d'un huissier, elle répétait sans cesse :

— Est-ce que ce n'est pas fini? Est-ce qu'on me fera mourir?

Le chirurgien et quelques âmes charitables qui l'assistaient s'efforçaient de la rassurer. Mais le roi seul pouvait lui faire grâce de la vie. L'avocat Févret rédigea une requête qui fut signée par plusieurs notables de Dijon et portée à Sa Majesté. On donnait alors à la Cour des réjouissances pour le mariage d'Henriette-Marie de France avec le roi d'Angleterre. En faveur de ce mariage, Louis le Juste octroya la grâce demandée. Il accorda un entier pardon à la pauvre fille, estimant, disent les lettres de rémission, qu'elle avait souffert des supplices qui égalent, voire même surpassent la peine de sa condamnation.

Hélène Gillet, rendue à la vie, se retira dans un couvent de la Bresse où elle pratiqua jusqu'à sa mort la plus exacte piété.

Telle est, ajouta le petit huissier, l'histoire véritable d'Hélène Gillet, que tout le monde sait à Dijon. Ne la trouvez-vous point divertissante, monsieur l'abbé.

LA JUSTICE

(Suite)

ÉLAS! dit mon bon maître, mon déjeuner ne pourra point passer. J'ai le cœur retourné tant par cette horrible scène que vous avez, monsieur, contée si froidement, que par la vue de cette servante de Mme la conseillère Josse qu'on mène pendre, quand on pouvait mieux en faire.

— Mais, monsieur, répliqua l'huissier, ne vous ai-je point dit que cette fille avait volé sa maîtresse et ne voulez-vous point qu'on pende les larrons?

— Il est vrai, dit mon bon maître, que c'est l'usage; et comme la force de l'accoutumance est irrésistible, je n'y prends point garde dans le cours ordinaire de ma vie. De même Sénèque le philosophe, qui pourtant était enclin à la douceur, composait des traités pleins d'élégance pendant qu'à Rome, près de lui, des esclaves étaient mis en croix pour des fautes légères, comme il se voit par l'exemple de l'esclave Mithridate qui mourut les mains clouées, coupable seulement d'avoir blasphémé la divinité de son maître, l'infâme Trimalcion.

« Notre esprit est ainsi fait que rien ne le trouble ni ne le blesse de ce qui est ordinaire et coutumier. Et l'usage use, si je puis dire, notre indignation, aussi bien que notre émerveillement. Je m'éveille chaque matin, sans songer, je l'avoue, aux malheureux qui seront pendus ou roués pendant le jour. Mais quand l'idée du supplice m'est rendue plus sensible, mon cœur se trouble, et pour avoir vu cette belle fille conduite à la mort, ma gorge se serre au point que ce petit poisson n'y saurait entrer.

— Qu'est-ce qu'une belle fille? dit l'huissier. Il n'est pas de rue à Paris où, dans une nuit, on n'en fasse à la douzaine. Pourquoi celle-ci avait-elle volé sa maîtresse, Mme la conseillère Josse?

— Je n'en sais rien, monsieur, répondit gravement mon maître; vous n'en savez rien, et les juges qui l'ont condamnée n'en savaient pas davantage, car les raisons de nos actions sont obscures et les ressorts qui nous font agir demeurent profondément cachés.

« Je tiens l'homme pour libre de ses actes, puisque ma religion l'enseigne; mais, hors la doctrine de l'Eglise, qui est certaine, il y a si peu de raison de croire à la liberté humaine, que je frémis en songeant aux arrêts de la justice qui punit des actions dont le principe, l'ordre et les causes nous échappent également, où la volonté a souvent peu de part, et qui sont parfois accomplies sans connaissance.

» S'il faut enfin que nous soyons responsables de nos actes, puisque l'économie de notre sainte religion est fondée sur l'accord mystérieux de la liberté humaine et de la grâce divine, c'est un abus que de déduire de cette obscure et délicate liberté toutes les gênes, toutes les tortures et tous les supplices dont nos codes sont prodigues.

— Je vois avec peine, monsieur, dit le petit homme noir, que vous êtes du parti des fripons.

— Hélas ! monsieur, dit mon bon maître, ils sont une part de l'humanité souffrante et membres, comme nous, de Jésus-Christ, qui mourut entre deux larrons. Je crois apercevoir dans nos lois des cruautés, qui paraîtront distinctement dans l'avenir, et dont nos arrière-neveux s'indigneront.

— Je ne vous entends pas, monsieur, dit l'autre en buvant un petit coup de vin. Toutes les barbaries gothiques ont été retranchées de nos lois et coutumes, et la justice est aujourd'hui d'une politesse et d'une humanité excessives. Les peines sont exactement proportionnées aux crimes et vous voyez que les voleurs sont pendus, les meurtriers roués, les criminels de lèse-majesté tirés à quatre chevaux, les athées, les sorciers et les sodomites brûlés, les faux-monnayeurs bouillis, en quoi la justice criminelle marque une extrême modération et toute la douceur possible.

— Monsieur, de tout temps les juges se sont estimés bienveillants, équitables et doux. Aux âges gothiques de saint Louis et même de Charlemagne, ils admiraient leur propre bénignité, qui nous semble rudesse aujourd'hui ; je devine que nos fils nous jugeront rudes à leur tour, et qu'ils trouveront encore quelque chose à retrancher sur les tortures et sur les supplices dont nous usons.

— Monsieur, vous ne parlez pas comme un magistrat. La torture est nécessaire pour tirer les aveux qu'on n'obtiendrait point par la douceur. Quant aux peines, elles sont réduites à ce qui est nécessaire pour assurer la vie et les biens des citoyens.

— Vous convenez donc, monsieur, que la justice a pour objet, non le juste, mais l'utile, et qu'elle s'inspire seulement des intérêts et des préjugés des peuples. Rien n'est plus vrai, et les fautes sont punies non point en proportion de la malignité qui y est attachée, mais en vue du dommage qu'elles causent ou qu'on croit qu'elles causent à la société. C'est ainsi que les faux-monnayeurs sont mis dans une chaudière d'eau bouillante, bien qu'il y ait en réalité peu de malice à frapper des écus. Mais les financiers en particulier et le public y éprouvent un dommage sensible. C'est ce dommage dont ils se vengent avec une impitoyable cruauté. Les voleurs sont pendus, moins pour la perversité qu'il y a à prendre un pain ou des hardes, laquelle est excessivement petite, qu'à cause de l'attachement naturel des hommes à leur bien. Il convient de ramener la justice humaine à son véritable principe qui est l'intérêt matériel des citoyens et de la dégager de toute la haute philosophie dont elle s'enveloppe avec une pompeuse et vaine hypocrisie.

— Monsieur, répliqua le petit huissier, je ne vous conçois pas. Il me semble que la justice est d'autant plus équitable qu'elle est plus utile, et que cette utilité même, qui vous fait la mépriser, vous la devrait rendre auguste et sacrée.

— Vous ne m'entendez point, dit mon bon maître.

— Monsieur, dit le petit huissier, j'observe que vous ne buvez point. Votre vin est bon, si j'en juge à la couleur. N'y pourrai-je goûter ?

Il est vrai que mon bon maître, pour la première fois de sa vie, laissait du vin au fond de la bouteille. Il le versa dans le verre du petit huissier.

— A votre santé, monsieur l'abbé, dit le petit huissier. Votre vin est bon, mais vos raisonnements ne valent rien. La justice, je le répète, est d'autant plus équitable qu'elle est plus utile, et cette utilité même que vous dites être dans son origine et dans son principe, vous la devrait rendre auguste et sacrée. Mais il vous faut convenir encore que l'essence même de la justice est le juste, ainsi que le mot l'indique.

— Monsieur, dit mon bon maître, quand nous aurons dit que la beauté est belle, la vérité vraie et la justice juste, nous n'aurons rien dit du tout. Votre Ulpien, qui s'exprimait avec précision, a proclamé que la justice est la ferme et perpétuelle volonté d'attribuer à chacun ce qui lui appartient, et que les lois sont justes quand elles sanctionnent cette volonté. Le malheur est que les hommes n'ont rien en propre et qu'ainsi l'équité des lois ne va qu'à leur garantir le fruit de leurs rapines héréditaires ou nouvelles. Elles ressemblent à ces conventions des enfants qui, après qu'ils ont gagné des billes, disent à ceux qui veulent les leur reprendre : « Ce n'est plus de jeu. »

« La sagacité des juges se borne à discerner les usurpations qui ne sont pas de jeu d'avec celles dont on était convenu en engageant la partie, et cette distinction est à la fois délicate et puérile. Elle est surtout arbitraire.

» La grande fille qui, dans ce moment même, pend au bout d'une corde de chanvre, avait, dites-vous, volé à Mme la conseillère Josse une coiffe de dentelle. Mais sur quoi établissez-vous que cette coiffe appartenait à Mme la conseillère Josse? Vous me direz qu'elle l'avait ou achetée de ses deniers, ou trouvée dans son coffre de mariage, ou reçue de quelque galant, tous bons moyens d'acquérir des dentelles. Mais de quelque façon qu'elle les eût acquises, je vois seulement qu'elle en jouissait comme d'un de ces biens de fortune qu'on trouve et qu'on perd d'aventure et sur lesquels on n'a point de droit naturel. Pourtant je consens que les barbes lui appartenaient, conformément aux règles de ce jeu de la propriété que jouent les hommes en société comme les pauvres enfants à la marelle. Elle tenait à ces barbes et, dans le fait, elle n'y avait pas moins de droits qu'un autre.

» Je le veux bien.

» La justice était de les lui rendre, sans les mettre à si haut prix que de détruire, pour deux méchantes barbes de point d'Alençon, une créature humaine.

— Monsieur, dit le petit huissier, vous ne considérez qu'un côté de la justice. Il ne suffisait pas de faire droit à Mme la conseillère Josse, en lui rendant ses barbes. Il était nécessaire de faire droit aussi à la servante en la pendant par le col. Car la justice est de rendre à chacun ce qui lui est dû. En quoi elle est auguste.

— En ce cas, dit mon bon maître, la justice est plus méchante encore que je ne croyais. Cette pensée qu'elle doit le châtiment au coupable est extrêmement féroce. C'est une barbarie gothique.

— Monsieur, dit le petit huissier, vous connaissez mal la justice. Elle frappe sans colère, et elle n'a pas de haine pour cette fille qu'elle envoie à la potence.

— A la bonne heure ! dit mon bon maître. Mais j'aimerais mieux que les juges fissent l'aveu qu'ils punissent les coupables par pure nécessité et seulement pour faire des exemples sensibles. Dans ce cas ils s'en tiendraient au nécessaire. Mais s'ils s'imaginent, en punissant, payer au coupable son dû, on voit jusqu'où cette délicatesse peut les entraîner, et leur probité même les rend inexorables, car on ne saurait refuser aux gens ce qu'on sait leur devoir.

« Cette maxime, monsieur, me fait horreur.

» Elle a été établie avec la dernière rigueur par un philosophe habile du nom de Menardus, qui prétend que ne pas punir un malfaiteur, c'est lui faire tort et le priver méchamment du droit qu'il a d'expier sa faute. Il a soutenu que les magistrats d'Athènes, en faisant boire la ciguë à Socrate, avaient excellemment travaillé à la purification de l'âme de ce sage.

» Ce sont là d'épouvantables rêveries.

» Je souhaite que la justice criminelle ait moins de sublimité. L'idée de pure vengeance qu'on attache plus communément à la peine des malfaiteurs, bien que basse et mauvaise en soi-même, est moins terrible dans ses conséquences que cette furieuse vertu des philosophes tourmenteurs.

» J'ai connu jadis à Séez un bourgeois d'humeur joviale et bon homme, qui mettait tous les soirs ses petits enfants sur ses genoux et leur faisait des contes. Il menait une vie exemplaire, s'approchait des sacrements et se piquait d'une exacte probité dans le commerce des grains qu'il exerçait depuis soixante ans ou plus. Il lui arriva d'être volé par sa servante de quelques doublons, ducassons, nobles à la rose et autres belles pièces d'or qu'il gardait curieusement dans un étui, au fond d'un tiroir. Dès qu'il s'aperçut de ce dommage, il en fit aux juges une plainte sur laquelle la servante fut questionnée, jugée, condamnée et suppliciée. Le bonhomme, qui savait son droit, exigea qu'on lui remît la peau de sa voleuse, dont il se fit faire une paire de chausses. Et il lui arrivait souvent de frapper sur sa cuisse en s'écriant : « La coquine! la coquine! »

» Cette fille lui avait pris des pièces d'or; il lui prenait sa peau; du moins se vengeait-il sans philosophie, dans la candeur de sa férocité rustique. Il ne songeait point à remplir un devoir auguste en tapotant joyeusement sa culotte humaine.

» Il vaudrait mieux convenir que, si l'on pend un larron, c'est par prudence et dans le but d'effrayer les autres par l'exemple, et non pas du tout pour attribuer à chacun, comme dit l'autre, ce qui lui appartient. Car, en bonne philosophie, rien n'appartient à personne, si ce n'est la vie elle-même. Prétendre qu'on doit l'expiation aux criminels, c'est tomber dans un mysticisme féroce, pis que la violence nue et que la simple colère.

» Quant à punir les voleurs c'est un droit issu de la force et non de la philosophie.

» La philosophie nous enseigne au contraire que tout ce que nous possédons est acquis par violence ou par ruse. Et vous voyez aussi que les juges approuvent qu'on nous dépouille de nos biens quand le ravisseur est puissant. C'est ainsi qu'on permet au roi de nous prendre notre vaisselle d'argent pour faire la guerre, comme il s'est vu sous Louis le Grand, alors que les réquisitions furent si exactes qu'on enleva jusqu'aux crépines des lits, pour en tirer l'or tissu dans la soie. Ce prince mit la main sur les biens des particuliers et sur les trésors des églises, et, voilà vingt ans, faisant mes dévotions à Notre-Dame-de-Liesse, en Picardie, j'ouïs les doléances d'un vieux sacristain qui déplorait que le feu roi eût enlevé et fait fondre tout le trésor de l'église, et ravi même le sein d'or émaillé déposé jadis en grande pompe par Mme la princesse Palatine, après qu'elle eut été guérie miraculeusement d'un cancer. La justice seconda le prince dans ses réquisitions et punit sévèrement ceux qui dérobaient quelque pièce aux commissaires du roi. C'est donc qu'elle n'estimait pas que ces biens fussent si attachés aux personnes qu'on ne pût les en séparer.

— Monsieur, dit le petit huissier, les commissaires agissaient au nom du roi qui, possédant tous les biens du royaume, en peut disposer à son gré pour la guerre ou pour les bâtiments, ou de toute autre manière.

— Il est vrai, dit mon bon maître, et cela a été mis dans les règles du jeu. Les juges y vont comme *à l'Oie*, en regardant ce qui est écrit sur le tableau. Les droits du prince, soutenus par les Suisses et par toutes sortes de soldats, y sont écrits. Et la pauvre pendue n'avait pas de gardes suisses pour faire mettre sur le tableau du jeu qu'elle avait droit de porter les dentelles de Mme la conseillère Josse. Cela est parfaitement exact.

— Monsieur, dit le petit huissier, vous ne comparez point, je pense, Louis le Grand, qui prit la vaisselle de ses sujets pour payer des soldats, et cette créature qui vola une coiffe pour s'en parer.

— Monsieur, dit mon bon maître, il est moins innocent de faire la guerre que d'aller à Ramponneau avec une coiffe de dentelle. Mais la justice assure à chacun ce qui lui appartient, selon les règles de ce jeu des sociétés qui est le plus inique, le plus absurde et le moins divertissant des jeux. Et le malheur est que tous les citoyens sont obligés d'être de la partie.

— Cela est nécessaire, dit le petit huissier.

— Aussi bien, dit mon bon maître, les lois sont-elles utiles. Mais elles ne sont point justes et ne sauraient l'être, car le juge assure aux citoyens la jouissance de ce qui leur appartient, sans faire le discernement des vrais ou des faux biens; cette distinction n'est pas dans les règles du jeu, mais seulement dans le livre de la justice divine, où personne ne peut lire.

« Connaissez-vous l'histoire de l'ange et de l'anachorète?

» Un ange descendit sur la terre avec un visage d'homme et en l'habit d'un pèlerin; cheminant par l'Egypte, il frappa, le soir, à la porte d'un bon anachorète qui, le prenant pour un voyageur, lui offrit à souper et lui donna du vin dans une coupe d'or. Puis il le fit coucher dans son lit et s'étendit lui-même à terre, sur quelques poignées de paille de maïs. Pendant qu'il dormait, son hôte céleste se leva, prit la coupe dans laquelle il avait bu, la cacha sous son manteau et s'enfuit. Il agissait de la sorte, non point pour faire tort au bon ermite, mais au contraire dans l'intérêt de l'hôte qui l'avait reçu charitablement. Car il savait que cette coupe aurait causé la perte de ce saint homme, qui y avait mis son cœur, tandis que Dieu veut qu'on n'aime que lui et ne souffre pas qu'un religieux soit attaché aux biens de ce monde. Cet ange, qui participait de la sagesse divine, distinguait les faux biens des biens véritables. Les juges ne font pas cette distinction.

» Qui sait si Mme la conseillère Josse ne perdra point son âme avec les barbes de dentelle que sa servante lui avait prises et que les juges lui ont rendues?

— En attendant, dit le petit huissier en se frottant les mains, il y a à cette heure une coquine de moins sur la terre.

Il secoua les miettes qui restaient sur son habit, salua la compagnie et partit allègrement.

LA JUSTICE

(Suite)

ON bon maître, se tournant vers moi, reprit de la sorte :

— Je n'ai rapporté l'histoire de l'ange et de l'ermite que pour montrer l'abîme qui sépare le temporel du spirituel. Or, c'est seulement dans le temporel que la justice humaine s'exerce, et c'est un lieu bas où les grands principes ne sont point de mise. La plus cruelle offense qu'on ait pu faire à Notre-Seigneur Jésus-Christ est de mettre son image dans les prétoires où les juges absolvent les pharisiens qui l'ont crucifié et condamnent la Madeleine qu'il releva de ses mains divines. Que fait-il, le Juste, parmi ces hommes qui ne pourraient pas se montrer justes, même s'ils le voulaient, puisque leur triste devoir est de considérer les actions de leurs semblables non en elles-mêmes et dans leur essence, mais au seul point de vue de l'intérêt social, c'est-à-dire en raison de cet amas d'égoïsme, d'avarice, d'erreurs et d'abus qui forme les cités, et dont ils sont les aveugles conservateurs ? En pesant la faute, ils y ajoutent le poids de la peur ou de la colère qu'elle inspira au lâche public. Et tout cela est écrit dans leur livre, en sorte que le texte antique et la lettre morte leur servent d'esprit, de cœur et d'âme vivante. Et toutes ces dispositions, dont quelques-unes remontent aux âges infâmes de Byzance et de Théodora, s'accordent seulement sur ce point qu'il faut tout sauver, vertus et vices, d'un monde qui ne veut pas changer. La faute aux yeux des lois est si peu de chose en soi, et les circonstances extérieures en sont si considérables, qu'un même acte, légitime dans telle condition, devient impardonnable dans telle autre, comme il se voit par l'exemple d'un soufflet qui, donné par un homme sur la joue d'un autre, paraît seulement chez un bourgeois l'effet d'une humeur irascible et devient, pour un soldat, un crime puni de mort. Cette barbarie, qui subsiste encore, fera de nous l'opprobre des siècles futurs. Nous n'y prenons pas garde; mais on se demandera un jour quels sauvages nous étions pour punir du dernier supplice l'ardeur généreuse du sang quand elle jaillit du cœur d'un jeune homme assujetti par les lois aux périls de la guerre et aux dégoûts de la caserne. Et il est clair que, s'il y avait une justice, nous n'aurions pas deux codes, l'un militaire, l'autre civil. Ces justices soldatesques, dont on voit tous les jours les effets, sont d'une cruauté atroce, et les hommes, s'ils se policent jamais, ne voudront pas croire qu'il fut jadis, en pleine paix, des conseils de guerre vengeant par la mort d'un homme la majesté des caporaux et des sergents. Ils ne voudront pas croire que des malheureux furent passés par les armes pour crime de désertion devant l'ennemi, dans une expédition où le gouvernement de la France ne reconnaissait pas de belligérants. Ce qu'il y a d'admirable, c'est que de telles atrocités se commettent chez des peuples chrétiens qui honorent saint Sébastien, soldat révolté, et ces martyrs de la légion thébaine dont la gloire est seulement d'avoir encouru jadis les rigueurs du conseil de guerre, en refusant de combattre les Bagaudes. Mais laissons cela, ne parlons plus de ces justices de gens à sabres, qui périront un jour, selon la prophétie du fils de Dieu; et revenons-en aux magistrats civils.

« Les juges ne sondent point les reins et ne lisent point dans les cœurs; aussi leur plus juste justice est-elle rude et superficielle. Encore s'en faut-il de beaucoup qu'ils s'en tiennent à cette grossière écorce d'équité, sur laquelle les codes sont écrits. Ils sont hommes, c'est-à-dire faibles et corruptibles, doux aux forts et impitoyables aux petits. Ils consacrent par leurs sentences les plus cruelles iniquités sociales, et il est malaisé de distinguer dans cette partialité ce qui vient de leur bassesse personnelle, de ce qui leur est imposé par le devoir de leur profession, qui est, en réalité, de soutenir l'Etat dans ce qu'il a de mauvais autant que dans ce qu'il a de bon, de veiller à la conservation des mœurs publiques, ou excellentes ou détestables, et d'assurer, avec les droits des citoyens, les volontés tyranniques du prince, sans parler des préjugés ridicules et cruels qui trouvent sous les fleurs de lis un asile inviolable.

» Le magistrat le plus austère peut être amené, par son intégrité même, à rendre des arrêts aussi révoltants et peut-être plus inhumains encore que ceux du magistrat prévaricateur, et je ne sais, pour ma part, qui des deux je redouterais le plus, ou du juge qui s'est fait une âme avec des textes de loi, ou de celui qui emploie un reste de sentiment à torturer ces textes. Celui-ci me sacrifiera à son intérêt ou à ses passions; l'autre m'immolera froidement à la chose écrite.

» Encore faut-il observer que le magistrat est défenseur, par fonction, non pas des préjugés nouveaux, auxquels nous sommes tous plus ou moins soumis, mais des préjugés anciens qui sont conservés dans les lois alors qu'ils s'effacent de nos âmes et de nos mœurs. Et il n'est pas d'esprit quelque peu méditatif et libre qui ne sente tout ce qu'il y a de gothique dans la loi, tandis que le juge n'a pas le droit de le sentir.

» Mais je parle comme si les lois, encore que barbares et grossières, étaient du moins claires et précises. Et il s'en faut de beaucoup qu'il en soit ainsi. Le grimoire d'un sorcier semble facile à comprendre en comparaison de plusieurs articles de nos codes et de nos coutumiers. Ces difficultés d'interprétation ont beaucoup contribué à faire établir divers degrés de juridiction, et l'on admet que, ce que le bailli n'a pas entendu, MM. du Parlement l'éclairciront. C'est beaucoup attendre de cinq hommes en robe rouge et en bonnet carré, qui, même après avoir récité le *Veni Creator*, demeurent sujets à l'erreur; et il vaut mieux convenir que la plus haute juridiction juge sans appel pour cette seule raison qu'on avait épuisé les autres avant de recourir à celle-là. Le prince est de cet avis, car il a des lits de justice au-dessus des Parlements.

LA JUSTICE

(Suite et Fin)

ON bon maître regarda tristement couler l'eau comme l'image de ce monde où tout passe et rien ne change.

Il demeura quelque temps songeur et reprit d'une voix plus basse :

— Cela seul, mon fils, me cause un insurmontable embarras, qu'il faille que ce soit les juges qui rendent la justice. Il est clair qu'ils ont intérêt à déclarer coupable celui qu'ils ont d'abord soupçonné. L'esprit de corps, si puissant chez eux, les y porte! aussi voit-on que dans toute leur procédure, ils écartent la défense comme une importune, et ne lui donnent accès que lorsque l'accusation a revêtu ses armes et composé son visage, et qu'enfin, à force d'artifices, elle a pris l'air d'une belle Minerve. Par l'esprit même de leur profession, ils sont enclins à voir un coupable dans tout accusé, et leur zèle semble si effrayant à certains peuples européens qu'ils les font assister, dans les grandes causes, par une dizaine de citoyens tirés au sort.

« En quoi il apparaît que le hasard, dans son aveuglement, garantit mieux la vie et la liberté des accusés que ne le peut faire la conscience éclairée des juges.

» Il est vrai que ces magistrats bourgeois, tirés à la loterie, sont tenus en dehors de l'affaire dont ils voient seulement les pompes extérieures.

» Il est vrai encore, qu'ignorant les lois, ils sont appelés, non à les appliquer, mais seulement à décider d'un seul mot s'il y a lieu de les appliquer.

» On dit que ces sortes d'assises donnent parfois des résultats absurdes, mais que les peuples qui les ont établies y sont attachés comme à une espèce de garantie très précieuse.

» Je le crois volontiers. Et je conçois qu'on accepte des arrêts rendus de la sorte, qui peuvent être ineptes ou cruels, mais dont l'absurdité du moins et la barbarie ne sont, pour ainsi dire, imputables à personne.

» L'iniquité semble tolérable quand elle est assez incohérente pour paraître involontaire.

» Ce petit huissier de tantôt, qui a un si grand sentiment de la justice, me soupçonnait d'être du parti des voleurs et des assassins. Au rebours, je réprouve à ce point le vol et l'assassinat que je n'en puis souffrir même la copie régularisée par les lois, et il m'est pénible de voir que les juges n'ont rien trouvé de mieux, pour châtier les larrons et les homicides, que de les imiter; car, de bonne foi, Tournebroche, mon fils, qu'est-ce que l'amende et la peine de mort, sinon le vol et l'assassinat perpétrés avec une auguste exactitude? Et ne voyez-vous point que notre justice ne tend, dans toute sa superbe, qu'à cette honte de venger un mal par un mal, une misère par une misère, et de doubler, pour l'équilibre et la symétrie, les délits et les crimes?

» On peut dépenser dans cette tâche une sorte de probité et de désintéressement. On peut s'y montrer un l'Hospital tout aussi bien qu'un Jeffryes, et je connais pour ma part un magistrat assez honnête homme. Mais j'ai voulu, remontant aux principes, montrer le caractère véritable d'une institution que l'orgueil des juges et l'épouvante des peuples ont revêtue à l'envi d'une majesté empruntée. J'ai voulu montrer l'humilité originelle de ces codes qu'on veut rendre augustes et qui ne sont en réalité qu'un amas bizarre d'expédients.

» Hélas! les lois sont de l'homme; c'est une obscure et misérable origine. L'occasion les fit naître pour la plupart. L'ignorance, la superstition, l'orgueil du prince, l'intérêt du législateur, le caprice, la fantaisie, voilà la source de ces grands corps de droit qui deviennent vénérables quand ils commencent à n'être plus intelligibles. L'obscurité qui les enveloppe, épaissie par les commentateurs, leur communique la majesté des oracles antiques.

» J'entends dire à chaque instant et je lis tous les jours dans les gazettes, que maintenant nous faisons des lois de circonstance et d'occasion. Cette vue appartient à des myopes qui ne découvrent pas que c'est la suite d'un usage immémorial et que, de tout temps, les lois sont sorties de quelque hasard.

» On se plaint aussi de l'obscurité et des contradictions où tombent sans cesse nos législateurs contemporains. Et l'on ne remarque pas que leurs prédécesseurs étaient tout aussi épais et embrouillés.

» En fait, Tournebroche, mon fils, les lois sont bonnes ou mauvaises, moins par elles-mêmes que par la façon dont on les applique, et telle disposition très inique ne fait pas de mal si le juge ne la met point en vigueur.

» Les mœurs ont plus de force que les lois. La politesse des habitudes, la douceur des esprits sont les seuls remèdes qu'on puisse raisonnablement apporter à la barbarie légale. Car de corriger les lois par les lois, c'est prendre une voie lente et incertaine. Les siècles seuls défont l'œuvre des siècles.

» Il y a peu d'espoir qu'un jour un Numa français rencontre dans la forêt de Compiègne ou sous les rochers de Fontainebleau une autre nymphe Egérie qui lui dicte des lois sages. »

Il regarda longtemps vers les collines qui bleuissaient à l'horizon. Son air était grave et triste. Puis, posant doucement la main sur mon épaule, il me parla avec un accent si profond que je me sentis pénétré jusqu'au fond de l'âme. Il me dit :

— Tournebroche, mon fils, vous me voyez tout à coup incertain et embarrassé, balbutiant et stupide, à la seule idée de corriger ce que je trouve détestable. Ne croyez point que ce soit timidité d'esprit : rien n'étonne l'audace de ma pensée. Mais prenez bien garde, mon fils, à ce que je vais vous dire. Les vérités découvertes par l'intelligence demeurent stériles. Le cœur est seul capable de féconder ses rêves. Il verse la vie dans tout ce qu'il aime. C'est par le sentiment que les semences du bien sont jetées sur le monde. La raison n'a point tant de vertu. Et je vous confesse que j'ai été jusqu'ici trop raisonnable dans la critique des lois et des mœurs. Aussi cette critique va-t-elle tomber sans fruits et se sécher comme un arbre brûlé par la gelée d'avril.

« Il faut, pour servir les hommes, rejeter toute raison, comme un bagage embarrassant, et s'élever sur les ailes de l'enthousiasme.

» Si l'on raisonne, on ne s'envolera jamais. »

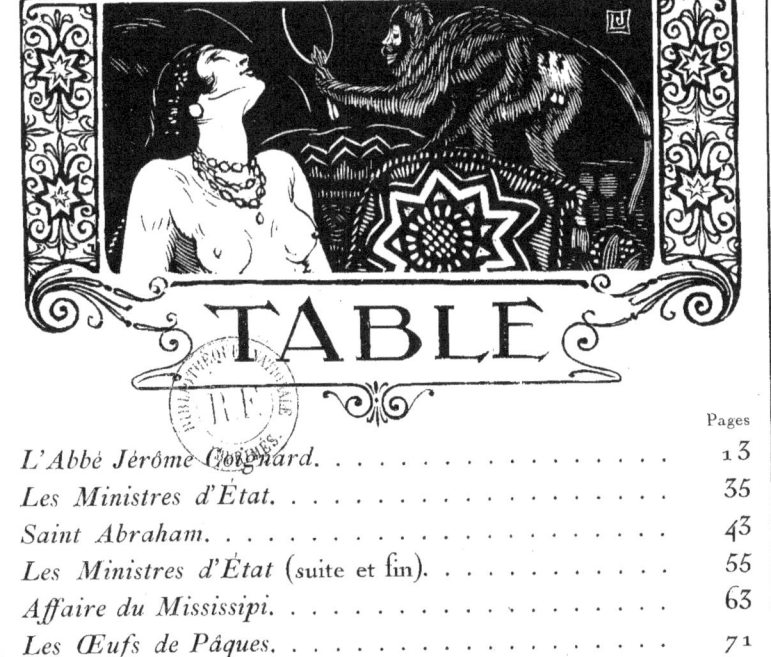

TABLE

Achevé d'imprimer
le 31 Décembre 1914, chez
G. de Malherbe et Cie,
avec les caractères Cochin
créés pour ce livre par
G. Peignot;
les bois de Louis Jou
tirés par
Emile Féquet;
sous la présidence
et par les soins de
Eugène Rodrigues

1914

LES CENT BIBLIOPHILES

Année 1914

COMITÉ

Président :

M. Eugène RODRIGUES.

Vice-présidents :

M. Jules BRIVOIS.
M. Victor MERCIER.

Archiviste-trésorier :

M. Auguste TRICAUD.

Trésorier-adjoint :

M. Léon TUAL.

Secrétaire :

M. Eugène LE SENNE.

Secrétaire adjoint :

M. Antoine VAUTIER.

Assesseurs :

MM. Jules BERGE, Olivier SAINSÈRE, Paul VILLEBŒUF.

LISTE DES SOCIÉTAIRES
pour l'Année 1912

MM.

ADAM (GEORGES), associé d'agent de change, rue de Monceau, 66, Paris, 8ᵉ. — 1895.

AIGLE (Marquis DE L'), rue d'Astorg, 12, Paris, 8ᵉ. — 1895.

ARTUS (LOUIS), auteur dramatique, boulevard Haussmann, 105, Paris, 8ᵉ. — 1895.

BARRIER (ANDRÉ), juge suppléant au Tribunal civil de la Seine, rue de Prony, 49, Paris, 17ᵉ. — 1905.

BARTHOU (LOUIS), député, ancien garde des sceaux, ministre de la Justice, avenue d'Antin, 7, Paris, 8ᵉ. — 1899.

BAUDRIER (JACQUES), notaire, rue de Richelieu, 85, Paris, 1ᵉʳ. — 1910.

BAUDRY (Dʳ SOSTHÈNE) ✻ O. I. ⚜, rue de Bourgogne, 31, Lille (Nord). — 1911.

BERALDI (HENRI) O. ✻, Président de la *Société des Amis des Livres*, avenue de Messine, 10, Paris, 8ᵉ. — 1895.

BERGE (JULES), rue de la Victoire, 60, Paris, 9ᵉ. — 1895.

BERTAUT (ANDRÉ), négociant, rue de la Rochefoucauld, 58, Paris, 9ᵉ. — 1912.

BESNUS (PAUL), rue Lacroix, 22, Paris, 17ᵉ. — 1895.

BODIN (Dʳ LÉONCE), rue Lafayette, 127, Paris, 10ᵉ. — 1912.

BONAPARTE (S. A. le prince ROLAND), membre de l'Institut, avenue d'Iéna, 10, Paris, 16ᵉ. — 1895.

BORDEREL (JEAN) ✻, rue Alfred-de-Vigny, 16, Paris, 8ᵉ. — 1895.

BORDES (ADOLPHE) ✻, armateur, rue de Prony, 11 *bis*, Paris, 17ᵉ. — 1895.

BORMANS (PAUL VAN DER VRECKEN DE) O. ✻, rue de Milan, 11 *bis*, Paris, 9ᵉ. — 1895.

BOYER (ÉDOUARD) ✻, colonel commandant le 111ᵉ régiment à Toulon (Var). — 1897.

BRIVOIS (JULES), bibliographe, rue Montpensier, 10, Paris, 1ᵉʳ. — 1895.

BRUN (E. IRÉNÉE), rue de la République, 42, Lyon (Rhône). — 1895.

CASTRO-MAYA (R. DE), chez M. L. Carteret, libraire, rue Drouot, 5, Paris, 9ᵉ. — 1895.

CHARVET (LOUIS-ALEXANDRE), procureur de la République, rue de la Constitution, 19, Avranches (Manche). — 1907.

CLAUDE-LAFONTAINE (RAYMOND), banquier, rue de Trévise, 32, Paris, 9ᵉ — 1895.

CLERMONT (PAUL), rue Montbazon, 25, Bordeaux (Gironde). — 1895.

COMAR (LÉON), juge au Tribunal de commerce, rue des Fossés-Saint-Jacques, 20, Paris, 5ᵉ. — 1912.

MM.

COSTE (Geo.), notaire, rue du Palais, 17, Montpellier (Hérault). — 1895.

DAUZE (Pierre) O. ✳, boulevard Malesherbes, 10, Paris, 8ᵉ. — 1895.

DELAFOSSE (Charles), rue Vignon, 40, Paris, 9ᵉ. — 1900.

DESCAMPS-SCRIVE (R.), boulevard Vauban, 23, Lille (Nord). — 1895.

DÉSÉGLISE (Victor) ✳, ancien juge au Tribunal de commerce, Frapesle, près Issoudun (Indre). — 1895.

DUBOIS (Henri), rue de l'Hôpital-Militaire, 66, Lille (Nord). — 1895.

DUBOSC (Albert), La Roseraie, Sainte-Adresse (Seine-Inférieure). — 1912.

DUBRUJEAUD (Léon) O. ✳, ancien président de la Chambre de Commerce, rue Freycinet, 4, Paris, 16ᵉ. — 1904.

DUPONT (Louis), négociant, avenue Hoche, 11, Paris, 8ᵉ. — 1895.

DURANTE (Dʳ Gustave), avenue Rapp, 32, Paris, 7ᵉ. — 1907.

ESNEVAL (Baron d'), rue Saint-Guillaume, 29, Paris, 7ᵉ. — 1895.

FERDINAND-DREYFUS, sénateur, avocat à la Cour d'appel, avenue de Villiers, 98, Paris, 17ᵉ. — 1909.

FOURNIER (Dʳ Alfred) O. ✳, membre de l'Académie de médecine, rue de Miromesnil, 77, Paris, 8ᵉ. — 1895.

GADALA (Charles) ✳, agent de change honoraire, rue Auber, 7, Paris, 9ᵉ. — 1895.

GALICHON (Roger), rue Alfred-de-Vigny, 2, Paris, 8ᵉ. — 1895.

GIRARD (Antoine) ✳ O. I. ❶ rue d'Alésia, 48, Paris, 14ᵉ. — 1895.

GIRARD (Max), agréé au Tribunal de commerce, rue Rossini, 2, Paris, 9ᵉ. — 1899.

GIRAUDEAU (Léon), agent de change, rue Laffitte, 36, Paris, 9ᵉ. — 1895.

GOLDSTEIN (Henri), ingénieur, Varosmajorutca, 22, Budapest (Hongrie). — 1906.

HIRSCH (Henry), juge d'instruction au Tribunal civil de la Seine, boulevard Raspail, 278, Paris, 14ᵉ. — 1895.

IMHOOF-BLUMER (F.), docteur en philosophie, membre correspondant de l'Institut de France, Winterthur (Suisse). — 1902.

ISTEL (Paul), avocat à la Cour d'appel, avenue d'Eylau, 19, Paris, 16ᵉ. — 1910.

JEANCOURT-GALIGNANI (Charles), rue du Faubourg-Saint-Honoré, 82, Paris, 8ᵉ. — 1910.

KELLER (Maurice), orfèvre, boulevard de Courcelles, 32, Paris, 17ᵉ. — 1910.

LACHENAL (Adrien), ancien président de la Confédération Suisse, place du Molard, 3, Genève (Suisse). — 1895.

LACOMBE (Paul) ✳, bibliothécaire honoraire à la Bibliothèque Nationale, trésorier de la Société de l'Histoire de Paris et de l'Ile-de-France, rue de Moscou, 5, Paris, 8ᵉ. — 1895.

LAMBERT (François), négociant, domaine de Gervais, à Lagnieu (Ain). — 1895.

LAVALLETTE-SIMON, juge d'instruction, place de la Préfecture, 4, Bourges (Cher). — 1902.

LEBŒUF (Charles), avocat, rue de Marignan, 16, Paris, 8ᵉ. — 1895.

LENSEIGNE (Henri), rue de Tocqueville, 22, Paris, 17ᵉ. — 1903.

LE PETIT (Jules), homme de lettres, rue Erlanger, 25, Paris, 16ᵉ. — 1895.

LE SENNE (Eugène), directeur adjoint de la Cⁱᵉ l'Union, boulevard Haussmann, 73, Paris, 8ᵉ. — 1895.

MM.

LONQUETY (Maurice), ingénieur, place Malesherbes, 16, Paris, 17ᵉ. — 1908.

LUCAS (Paul), rue Cambacérès, 3, Paris, 8ᵉ. — 1895.

MARÉCHAL (Edouard), inspecteur général de la Cⁱᵉ la Préservatrice, impasse Dupin, Les Marronniers, Viroflay (Seine-et-Oise). — 1895.

MAREUSE (Edgar) O. I. ✪, boulevard Haussmann, 81, Paris, 8ᵉ. — 1895.

MAROTTE (Henri), capitaine au 17ᵉ bataillon de chasseurs, Rambervillers (Vosges). — 1909.

MASSIGLI (Charles) ✳, professeur à l'Ecole de droit, boulevard Raspail, 276, Paris, 14ᵉ. — 1895.

MATHEUS (Comte), rue Sainte-Sophie, 19, Versailles (Seine-et-Oise). — 1909.

MERCIER (Victor) O. ✳, conseiller à la Cour de cassation, rue de Miromesnil, 77, Paris, 8ᵉ. — 1895.

MÉRIC (Maurice), rue Bayard, 2, Nîmes (Gard). — 1900.

MESSIMY (Adolphe), député, ancien ministre, rue Bonaparte, 1, Paris, 6ᵉ. — 1910.

MICHEL-DANSAC (Henry), docteur en droit, avoué près le Tribunal civil de la Seine, boulevard Haussmann, 73, Paris, 8ᵉ. — 1906.

MONTLIVAULT (Vicomte Guy de), ancien officier, rue du Cirque, 18, Paris, 8ᵉ. — 1908.

MOREAU (Paul), avocat, rue Proust, 3, Angers (Maine-et-Loire). — 1895.

MUNIER (Pierre), ingénieur, boulevard Helvétique, 17, Genève (Suisse). — 1901.

NECKER (Henri), directeur du Crédit Suisse, rue Calvin, 9, Genève (Suisse). — 1911.

NIVERT (Pierre) O. I. ✪, avoué près la Cour d'appel, rue de Choiseul, 1, Paris, 2ᵉ. — 1900.

OROSDI (Léon) ✳, négociant, rue Cimarosa, 6, Paris, 16ᵉ. — 1895.

PAGÈS (Victor), commissaire répartiteur des Contributions directes de la Ville de Paris, avenue de Villiers, 87, Paris, 17ᵉ. — 1895.

PETER (Marc), avocat, Genève (Suisse). — 1912.

QUARRÉ (Maurice), industriel, rue de la Mairie, 19, Ivry-Centre (Seine). — 1912.

QUINN (John), attorney and counsellor at law, Nassau street, 31, New-York (Amérique). — 1912.

RABUTAUX (Jean), avocat à la Cour d'appel, boulevard Haussmann, 138, Paris, 8ᵉ. — 1910.

RAISIN (Frédéric) O. ✳, avocat du Consulat général de France, rue du Rhône, 30, Genève (Suisse). — 1895.

RÉVILLON (Théodore) ✳, négociant, rue de Presbourg, 12, Paris, 16ᵉ. — 1895.

RIDDER (Gustave de), notaire, rue Perrault, 4, Paris, 1ᵉʳ. — 1895.

RODRIGUES (Eugène), avocat à la Cour d'appel, rue de Berlin, 40, Paris, 8ᵉ. — 1895.

ROGER-MARX, C. ✳, inspecteur général des Musées, rue de Monceau, 83, Paris, 8ᵉ. — 1897.

SAINSÈRE (Olivier) C. ✳, conseiller d'État, rue de Miromesnil, 30, Paris, 8ᵉ. — 1900.

SCHUCK (Léon), place Saint-Ferréol, 3, Marseille (Bouches-du-Rhône). — 1899.

SIBIEN (Armand), architecte-expert, rue du Quatre-Septembre, 14, Paris, 2ᵉ. — 1905.

SOCQUET (Dʳ Jules) ✳, médecin légiste, boulevard Saint-Germain, 229, Paris, 7ᵉ. — 1895.

SOUFFLOT (Paul) ✳, rue du Faubourg-Saint-Honoré, 229, Paris, 8ᵉ. — 1895.

MM.

TEYSSIER (Georges) ✳, ministre plénipotentiaire, rue de Monceau, 43, Paris, 8ᵉ. — 1900.

TRICAUD (Auguste), avoué honoraire près le Tribunal civil de la Seine, rue de la Terrasse, 10, Paris, 17ᵉ. — 1895.

TUAL (Léon) O. I. ⬤, commissaire-priseur honoraire, rue d'Aumale, 19, Paris, 9ᵉ. — 1895.

VALDELIÈVRE (Geo), rue Marais, 27, Loos (Nord). — 1910.

VAUTIER (Antoine) O. ✳, manufacturier, rue de la République, 17, Maubeuge (Nord). — 1895.

VEVER (Henri) ✳, joaillier, rue de la Paix, 14, Paris, 2ᵉ. — 1895.

VIAU (Georges) ✳, professeur à l'École dentaire de Paris, chirurgien dentiste de la Faculté de médecine, boulevard Malesherbes, 109, Paris, 8ᵉ. — 1899.

VILLEBŒUF (Paul), avoué près la Cour d'appel, rue Louis-le-Grand, 3, Paris, 2ᵉ. — 1899.

VUILLE (Charles), avocat, rue Bellot, 7, Genève (Suisse). — 1895.